天涯写意

张国俊 著

远方出版社

图书在版编目（CIP）数据

天涯写意/张国俊著.——呼和浩特：远方出版社，2023.12
ISBN 978-7-5555-1982-9

Ⅰ.①天… Ⅱ.①张… Ⅲ.①诗集—中国—当代 Ⅳ.①I227

中国国家版本馆 CIP 数据核字（2023）第 237919 号

天涯写意
TIANYA XIEYI

著　　者	张国俊
责任编辑	于丽慧
封面设计	青年作家网
版式设计	王改英
出版发行	远方出版社
社　　址	呼和浩特市乌兰察布东路 666 号　邮编 010010
电　　话	（0471）2236473　总编室　2236460　发行部
经　　销	新华书店
印　　刷	三河市双升印务有限公司
开　　本	787 毫米 ×1092 毫米　1/16
字　　数	206 千
印　　张	18.5
版　　次	2023 年 12 月第 1 版
印　　次	2024 年 1 月第 1 次印刷
标准书号	ISBN978-7-5555-1982-9
定　　价	68.00 元

如发现印装质量问题，请与出版社联系调换

序言

诗酒是分家的

自从学习写诗填词之后,我不太敢去参加各种社交应酬了,究其原因主要有四。

第一,是怕,怕有人让我即兴赋诗。大家都知道我写诗,所以每次应酬,都要我赋诗。可是我知道自己能力、水平有限。赋诗填词哪有那么容易?肚子里没点真东西,才思又不敏捷,想象力又不丰富,没有生活阅历和积淀,没有较深的思想,怎么能写出好的诗词?即使静下心来长时间也可能写不出一首好诗,即兴赋诗,对我来说更是难上加难。而且,我只是一个初学者,目前仅仅触及诗词的皮毛,根本没有即兴赋诗的才华和能力。因此,每当遇见这种情况,我都难免有些尴尬。当然,大家这么一说,有时也仅仅是为了开一个玩笑,不见得真的让我赋诗填词。不管真假,反正我是怕了。

第二,兴趣使然。我已经不再年轻,已经失去了年轻时热衷于参加各种社交应酬的兴趣。我喜欢清静,不喜欢热闹。不得已偶尔参加一些应酬的时候,我也是早早回家。

第三,酒量有限。我不爱喝酒。人家都说我酒量好,从来没看见我喝醉过,更没看见我撒酒疯,这不是真的。我知道我的酒量,因此我会控制我自己。而且我也有喝醉的时候,只是在没有到家之前,无论我醉成什么样,我会始终保持清醒,直到安全进了家门,后面什么情况,大家可以想象。我也说过,喝酒就像看皇帝的新装一样,明知道皇帝什么都没穿,还都说皇帝的衣服漂亮;明知道酒的味道难受,不好喝,喝的时候都是紧皱眉头、龇牙咧嘴,但是喝完都说是好酒、好喝。所以,即使我遇到再大困难,再心烦、再伤心、再痛苦,我也不喝酒,喝完后精神上的痛和肉体上的痛,会让我更难受。

第四,时间有限。年过半百始思学。正因为起步太晚,荒废了太多时间,我才更觉得时间的宝贵,需要学习的太多,尤其是从学习中感觉到了身心的愉悦。因此,学习比许多事重要得多。人活到这个份上,突然间变得吝啬起来。遇到一件事,首先考虑的是,把时间花在这上面到底值不值。

不参加应酬、不即兴赋诗、不喝酒,谈何容易?大家的理由很充分:你看看人家诗仙李白,斗酒诗百篇,酒后才有诗,而且都是好诗,都是名篇。我不是李白,我是无论哪方面,都是不能也不敢和诗仙相比的。所以,在我这里,诗和酒,并不是密不可分的。尤其是现在,酒后的疯狂和浪漫,有多少人能容忍?我,必须尽量保持清醒,不伤及无辜。

前面提到，我迫切需要的，是时间，去学习、去思考、去实践的时间。人生难免不如意，但人生总有一件事值得你坚持不懈、持之以恒地去追求，并为之付出。自觉和不自觉地，学习写诗填词，成了我业余生活的最大爱好。

我做这个决定，是认真的。事实上，我也是这样认真去做的，也相信最终会有另一番景象。毕竟，世上诸事，最怕认真二字。清朝彭端淑《白鹤堂文集·为学一首示子侄》："天下事，有难易乎。为之，则难者亦易矣；不为，则易者亦难矣。"怎么认真？就是去学习、去实践，持之以恒，日积月累。

学习分为主动学习和被动学习。不管是哪种学习，只要学了，虽说不会到精进的程度，至少可以知道一些基本的知识。大家看我的诗词作品，都说写得好、有底蕴、有积淀、有思想、有文采。那是因为大家不去学习，一旦学习了，了解了诗词的一些基本知识，可能就会是另一番评价，正所谓"外行看热闹，内行看门道"。当然，大家对我的表扬，实际上就是对我的支持和鼓励，这也是我学习的一个动力。

认真学习知识，认真观察，认真思考。观察和思考，也都是一种学习方式。学会仔细观察，才能使诗词形象逼真，才不至于犯一些张冠李戴的低级错误。自从开始学习写诗词，我对身边的一草一木、一枝一叶等万物，都禁不住要去仔细查看、去思考。因为我觉得，仅仅知道这些事物是什么、什么状况，是远远不够的，更要挖掘出它们各自蕴含的人生意义。所有优秀的文学作品，都是情景交融的，即使作品里没有任何带感情色彩的字词句，但反映出来的都是喜怒哀乐。因此，不瞒大家说，我认识了不少花草植物。我现在能够从新年的第一天开始观察各种物候的变化，直到年末的最后一天。

  有些人看见好的景致，最多说一个好字，不去思考到底怎么好，为什么好，好在哪里，好的背后隐藏的更深层次的意义。后来，我感觉如果大家都是这样，怎么对得起生活，对得起身边万物？毕竟，生活中所遇见的一切，都有其存在的意义。至少，我不能辜负了它们。所以，就有了那么多"坏毛病""坏习惯"，被有些人评论"不可理喻"。不管他。

  遇事有所思，有思必有得。漫步天涯，一草一木皆能触发灵感，让我顿悟出万物存在的意义，虽然肤浅，却实在。漫步天涯，借助万物抒发情意，感悟人生。

  有的人，可以作朋友；有的人，可以作同事；有的人，既可作朋友，又可作同事；有的人，既不可作朋友，也不可作同事。人生很短，选择正确的人，做正确的事，不要浪费光阴，把有限的人生活出简洁、活出自在、活出精彩。

  此即本人第三部诗词集《天涯写意》一书的来由，并为序。本书共收录我2021年12月21日至2023年4月30日创作的诗词近500首。

张国俊

目录

第一辑 诗

宁夏银川写意五律五首……1
荡口镇名人谱……4
贺朱胜民兄六十三寿……7
贺志鹏汪健新婚……7
一往无前……8
时不等人……8
春天慢慢来……9
发扬雷锋精神……9
孕育春天……10
春来瞬间……10
雨打梅寒……11
春　晨……11
补全杨永吉诗句……12
桃花谷……12
暖阳催发……13
来日方长……13
春　潮……14

夜遇海棠香 ··· 14

海棠正肥 ··· 15

观车外风景有感 ··· 15

杏花村印象 ··· 16

笑对人生 ··· 16

绝处求生 ··· 17

世界很精彩 ··· 17

春短夏长 ··· 18

贺欧子煜藏瑞琪新婚 ··· 18

丁香结 ··· 19

写在世界读书日 ··· 19

雨后春光 ··· 20

第八个中国航天日 ··· 20

欢迎欧子煜新婚亲友团 ······································· 21

燕山文化市集写意 ··· 21

望叶养眼感怀 ··· 22

赏雪有得 ··· 22

雪与桃花 ··· 23

报春桃柳 ··· 23

夜鸟惊心 ··· 24

坐羡春光美 ··· 24

阳春白雪 ··· 25

春来之月末 ··· 25

独赏春芳 ··· 26

春尽色还稀 ··· 26

祭扫追思 ··· 27

茶里的家味道 ··· 27

万物萌发	28
春花厚重	28
大好春光毁于尘	29
万物春生	29
贺三位宇航员顺利归来	30
深山春雪	30
休闲一个周末	31
越老话越少	32
流水落花春去也	32
车程十万有感	33
步刘国富老师《柳絮》韵	33
世界读书日感怀四首	34
人非物品	36
天生命苦	36
题友送梨花图	37
靠不住	37
不负万物	38
百吃不厌	38
赞青年	39
继续为青年点赞	40
立夏辞春	41
立夏月季	41
见新竹有感	42
巾帼不让须眉	42
好男儿志在四方	43
闲　云	43
智慧的云	44

上善若水 …………………………………………… 44

但愿人间永月圆 …………………………………… 45

无悔人生 …………………………………………… 45

侠骨柔情 …………………………………………… 46

以诗当酒 …………………………………………… 46

辣椒下饭 …………………………………………… 47

花开时节不见君 …………………………………… 48

看惯还需看淡 ……………………………………… 48

龟山杜鹃 …………………………………………… 49

端午居家 …………………………………………… 49

夏日阴雨天 ………………………………………… 50

踏歌词 ……………………………………………… 50

最怕是人心 ………………………………………… 51

在闹市打坐 ………………………………………… 51

苏　轼 ……………………………………………… 52

苏　洵 ……………………………………………… 52

苏　辙 ……………………………………………… 53

雨时方能静 ………………………………………… 53

自　悲 ……………………………………………… 54

天海云花 …………………………………………… 54

忘　酒 ……………………………………………… 55

独自言愁 …………………………………………… 55

随感五绝五首 ……………………………………… 56

夏日晨漫步金燕湖 ………………………………… 58

自书自买 …………………………………………… 59

桑榆唱晚 …………………………………………… 59

难　堪 ……………………………………………… 60

万物皆有情	60
愧对祖师爷	61
清晨踏梦	61
闻声入梦	62
铭记历史，自强不息	62
今日又槐花	63
荷花露	63
超级月亮	64
美丽的燕山夏日晨	65
大爱无声	65
骄傲的夕阳	66
满月照断肠	66
题并蒂莲	67
燃烧即凋谢	68
夏日幽梦	68
夏夜小雨	69
望远休闲	70
青莲出水	70
气静神怡	71
雨送清凉梦不醒	71
夏日雨后阴天即景	72
烟雨缘	72
醉一次醒一世	73
不求理解但求无愧	73
自度人生别百年	74
夜夜相思日日懒	74
鹊　桥	75

七夕看寂寥·······································75

惯看春秋年年老·································76

雨送秋凉邀月醉·································76

老蟹游船戏东风·································77

凡事有度·······································77

碧血丹青·······································78

滴血大爱·······································78

恩情常入梦·····································79

桑拿天···79

秋雨生烟·······································80

人生天地间·····································80

秋雨浇心·······································81

烟消云散朗乾坤·································81

秋夜蝉鸣·······································82

漂泊的心·······································82

自省自勉自励···································83

见物思人·······································83

秋日写真·······································84

秋凉易梦·······································84

秋　怅···85

秋荷朝露·······································85

秋夜对雨·······································86

百瑞谷长走偶得·································86

细品秋光二首···································87

生命赞歌·······································88

四海情义一"群"牵·······························88

秋风无力·······································89

今生已老	89
中秋诗韵六首	90
难得自由	93
寄语小儿留学	93
笑对人生	94
绿荷心意	94
满月清秋	95
绝　配	95
秋韵七绝五首	96
有心就有风景	98
畅享金秋	98
山心永恒	99
夜雨化珠	99
忐忑不安	100
老人与中国	100
光之恋	101
苦行僧	101
各有所爱	102
残羹剩酒	102
知　足	103
常忆英雄泪沾襟	103
欢度国庆	104
细雨清风秋正好	104
雨中月季	105
好兴致	105
风起云飞	106
因事见人	106

秋风即景	107
山海人生	107
喜迎党的二十大	108
杜　鹃	108
还　珠	109
垂钓者言	109
无知诗二首	110
新书贺周末	111
读文友的书评有感	111
点赞文友文澜珊	112
书评促奋进	112
深山赏秋二首	113
酒里乾坤	114
静待来年	115
兵来将挡，水来土掩	115
感恩莴笋皮	116
秋色正浓	116
举杯邀月	117
真情自然流露	117
钓　鳖	118
秋末冬初	118
秋色伴闲愁	119
砥砺前行	119
暂别在冬季	120
高天红月	120
冬寒雾重	121
怀念罗先武师长	121

寒冬雨雾	122
望远思故人	122
雨过天未晴	123
晴冬晓色	123
叶坚强	124
叶——不忘根本	124
不知高低的叶子	125
树——痴心不改	125
邪不压正	126
攀登觅景	126
无为无用	127
盼东风	127
长空飞羽	128
昼夜相思	128
人生孤旅糊涂度	129
神州更美	129
做好人生选择题	130
小雪节气写意	130
愧对人生	131
心怀天下	131
浩气凛然	132
饮鸩止渴	132
春心不死	133
寒夜晚归人	133
丢　人	134
贺中国空间站建成收官	134
昨夜长风送诗两首	135

佳期有约	136
人性勿恶	136
加倍珍惜	137
再克服	137
召之即到	138
盼游名楼	138
步韵赋诗·寒冬	139
外一首	139
步韵霜雁飞《书签》	140
步韵霜雁飞《相思》	140
口味重	141
换气	141
人性本善	142
乘风归去	142
同感	143
日下月上	143
默默支持	144
求墨宝	144
世界很精彩	145
路在脚下	145
可怕	146
宠物猫	146
手足情深	147
谁逗谁	147
喝酒攻毒	148
围炉煮茶	148
病趣二首	149

居家自饮自嘲	150
梦里家园	150
无情泪	151
病中偶得	151
破　窗	152
送别老英雄张富清	152
太懒惰	153
如期出现	153
通风感怀	154
自作多情	154
面向未来	155
开心每一天	155
金燕湖	156
心向阳光	156
家书十佳	157
假瀑冬绝	157
家书再现	158
长廊怀旧	158
可怜鸟	159
午休无眠	159
美梦难重	160
白驹过隙	160
浅尝辄止	161
雨雪欲来	161
签名售书	162
归心难圆	162
重回小院感怀	163

喜鹊迎春……………………………………………………163
小年天气……………………………………………………164
风云突变……………………………………………………164
夜半归来……………………………………………………165
瑞雪催春……………………………………………………165
美梦迎新……………………………………………………166
玉兔迎春……………………………………………………166
风是春天的仪仗……………………………………………167
咏　柳………………………………………………………167
风吹窗叫……………………………………………………168
求妙招………………………………………………………168
惹不起的珍宝………………………………………………169
乡情难忘……………………………………………………169
大象出游……………………………………………………170

第二辑　词

醉妆词………………………………………………………173
塞　姑………………………………………………………174
舞马词………………………………………………………175
晴偏好三阕…………………………………………………177
凭栏人三阕（一）…………………………………………178
凭栏人三阕（二）…………………………………………179
西江月·信手长天写意……………………………………180
西江月·爱好无关大雅……………………………………180
西江月·酒醉烦愁不散……………………………………181
西江月·世界风云变幻……………………………………181

西江月 · 满月窗前闪亮 …………………… 182
西江月 · 雨后秋凉彻骨 …………………… 182
西江月 · 畅享深山静谧 …………………… 183
西江月 · 雪遇东风化雨 …………………… 183
梧叶儿 · 天光淡 …………………………… 184
梧叶儿 · 人清瘦 …………………………… 184
梧叶儿 · 天阴冷 …………………………… 185
梧叶儿 · 红垂露 …………………………… 185
渔歌子 · 寒冬飞雪 ………………………… 186
渔歌子 · 雪纷飞 …………………………… 186
望江南 · 拜年 ……………………………… 187
秋夜月 · 冬奥 ……………………………… 188
祭天神 · 元宵夜梦 ………………………… 189
祭天神 · 元宵夜 …………………………… 190
潇湘神 · 春已来 …………………………… 191
章台柳 · 初春柳 …………………………… 191
章台柳 · 春意浓 …………………………… 192
章台柳 · 天上云 …………………………… 192
长命女 · 阴冷聚 …………………………… 193
上行杯 · 万里别君需酒 …………………… 193
上行杯 · 莫道痴情难觅 …………………… 194
春光好 · 晨光冷 …………………………… 194
春光好 · 鲲鹏志 …………………………… 195
春光好 · 山色黑 …………………………… 195
春光好 · 群芳艳 …………………………… 196
生查子 · 昨夜雨含泥 ……………………… 196
生查子 · 色彩已斑斓 ……………………… 197

醉公子 · 朵朵新花美 …………………………………… 197

怨回纥 · 春回大地复繁华 ………………………………… 198

怨回纥 · 夜静呼声细 ……………………………………… 198

昭君怨 · 春色来时虽晚 …………………………………… 199

昭君怨 · 待放花苞珠似 …………………………………… 199

昭君怨 · 相约春时江畔 …………………………………… 200

玉蝴蝶 · 花开云拥成堆 …………………………………… 200

玉蝴蝶 · 亲朋欢聚心诚 …………………………………… 201

赤枣子 · 冰化水 …………………………………………… 201

赤枣子 · 芽待发 …………………………………………… 202

赤枣子 · 入静夜 …………………………………………… 202

赤枣子 · 青凤髻 …………………………………………… 203

南乡子 · 鹊闹新枝 ………………………………………… 203

南乡子 · 风长啸 …………………………………………… 204

南乡子 · 粉白两桃花 ……………………………………… 204

解红 · 节假尽 ……………………………………………… 205

鹤冲天 · 餐风沐雨 ………………………………………… 205

鹤冲天 · 春风沐月 ………………………………………… 206

少年游慢 · 春寒三月雪 …………………………………… 207

受恩深 · 碧玉镶亭宇 ……………………………………… 208

兀令 · 三月他乡春味少 …………………………………… 209

兀令 · 冬日无风天自冷 …………………………………… 209

春晓曲二阕 ………………………………………………… 210

寿阳曲 · 欲赏春光去 ……………………………………… 211

寿阳曲 · 凄清雨 …………………………………………… 211

卧虎山公园印象 …………………………………………… 212

花非花 ……………………………………………………… 213

渔歌子 · 天外浮光懒日闲	213
桂殿秋	214
采莲子 · 水映桃红里外忙	215
采莲子 · 植棹湖心彩影飘	215
摘得新	216
春晓曲 · 东风挽柳蹁跹舞	216
忆江南 · 春来早	217
忆江南 · 披晨露	217
浪淘沙 · 夜夜挠心不得眠	218
浪淘沙 · 春风一夜又无眠	218
浪淘沙 · 夜梦频频	219
浪淘沙令 · 花厚叶依稀	219
添声杨柳枝 · 书有黄金字里藏	220
十样花 · 绿满江山花歇	220
杨柳枝 · 加减乘除又奈何	221
八拍蛮 · 垂钓不求鱼有无	221
八拍蛮 · 常忆旧时针线绵	222
八拍蛮 · 烟伴雨晴云雾蒸	222
天净沙 · 几番风雨天邪	223
醉吟商 · 远近山河	223
喜春来 · 爱谈旧事心身老	224
喜春来 · 抬头顿觉风光异	224
喜春来 · 老家幕幕心胸织	225
喜春来 · 莫名苦恼双眉锁	225
甘州子 · 满天云影乱心扉	226
踏歌词 · 酒醒三更冷	226
新荷叶 · 出水含珠	227

秋风清 · 天空云	228
秋风清 · 人未寐	228
字字双 · 浮云野鸥闲接闲	229
抛球乐 · 夏雨送清凉	229
浪淘沙慢 · 驾飞船	230
浪淘沙慢 · 夜消沉	231
蕃女怨 · 黑天原是雷雨设	232
玉簟凉 · 灯下怀愁	232
忆王孙 · 头昏时错梦难圆	233
忆王孙 · 秋	233
忆王孙 · 天涯一色泛秋光	234
忆王孙 · 愁上孤舟还醉酒	234
金字经 · 常向空山觅	235
金字经 · 常恨天涯远	235
后庭花破子 · 夜雨影无踪	236
变体后庭花破子 · 秋来早晚凉	236
一叶落 · 一叶落	237
如梦令 · 眼望天涯云断	237
如梦令 · 风冷雨凉烟厚	238
如梦令 · 又到叶枯枝老	238
如梦令 · 秋送佳音喜极	239
如梦令 · 半月高天谁羡	239
如梦令 · 月季一花常放	240
如梦令 · 秋光欺老叶伤	240
诉衷情 · 西风昨夜送秋分	241
诉衷情 · 青春已化夕阳红	241
诉衷情 · 午休惊梦乱纷纷	242

诉衷情·秋寒残夜最伤人 …… 242
天仙子·今日重阳天尽好 …… 243
天仙子·秋尽霜花心自许 …… 243
天仙子·万物深秋霜露伴 …… 244
天仙子·曲尽音消人已散 …… 244
饮马歌·烟尘常做伴 …… 245
饮马歌·秋深花叶少 …… 245
归自谣·方寸美 …… 246
归自谣·秋已暮 …… 246
干荷叶·干荷叶 …… 247
干荷叶（又一体）·干荷叶 …… 247
风流子·寒潮欺日月 …… 248
风流子·千里浮云化雾 …… 248
风流子·时光诚不老 …… 249
少年游·朝阳尚冷影西斜 …… 250
江城子·开元新日出东方 …… 251
江城子·人心异 …… 251
江城子·远望江山雪后晴 …… 252
江城子·贺欧子煜藏瑞祺新婚 …… 252
望江怨·江天阔 …… 253
定西番·立马远山天接 …… 253
长相思·小寒冰 …… 254
长相思·人也熬 …… 254
长相思·醒也愁 …… 255
长相思·佳节登 …… 255
思帝乡·飘雨雪 …… 256
思帝乡·天尽头 …… 256

相见欢（西楼子）· 年年循约来回 …………………………… 257

相见欢 · 大年当值加班 …………………………… 257

相见欢 · 一家少有团圆 …………………………… 258

相见欢 · 雪堆风紧天寒 …………………………… 258

相见欢 · 春风装点江山 …………………………… 259

河满子 · 故地春梅绽放 …………………………… 259

河满子 · 独步寒冬不语 …………………………… 260

风光好 · 夜光寒 …………………………… 261

风光好 · 色从容 …………………………… 261

望梅花 · 新雪银花装扮 …………………………… 262

望梅花 · 艳阳高照 …………………………… 262

望梅花 · 冰雪寒天堆聚 …………………………… 263

望梅花 · 乱花迷眼 …………………………… 264

风光好 · 盼团圆 …………………………… 264

醉太平 · 月圆雾散 …………………………… 265

醉太平 · 迷人酒窝 …………………………… 265

醉太平 · 人生有烦 …………………………… 266

误桃源 · 草树遇冬惨 …………………………… 266

感恩多 · 雪随风雨绝 …………………………… 267

感恩多 · 献花恩爱秀 …………………………… 267

西溪子 · 独醉他乡因苦 …………………………… 268

第一辑 诗

宁夏银川写意五律五首

塞上江南

西北神奇地，江南梦里堆。

雄巍山作枕，妙曼水生瑰。

岩画开先智，沙湖启后才。

春风怜塞上，花果四时来。

沙坡头

圣水东流去，沙坡头作洲。

贺兰山渴饮，腾格里休因。

漠海驼铃远，河间索道酬。

飞黄腾达地，岂可不来游。

沙 湖

沙湖堪一绝,塞上嵌明珠。

渡口舟连发,途中水尽纤。

青芦旌主客,碧浪恋沟隅。

日月烟波里,妖娆入梦都。

西夏王陵

西夏辉煌印,银川遗址归。

东方金字塔,世界土陵威。

夜暮繁星绕,天光瑞气围。

贺兰坡上卧,沃野古今肥。

贺兰山岩画

文明刊绝壁,智勇绘宏图。

风雨辉煌继,烽烟烂漫糊。

神奇承想象,灵异载虚无。

精彩今人阅,江山塞上符。

荡口镇名人谱

丁兰效应

丁兰孝善润鹅湖,碧水清波智慧储。

辈出英才成大业,回廊两岸尽名庐。

追忆华蘅芳先生

名利不图常作别,拓荒创业才华杰。

幽兰几度吐芳蕤,魂断真情伤欲裂。

诗颂华君武先生

专攻漫画早成名,美丑毫端各显形。

入木三分描敌友,心怀天下彻雷霆。

仰慕钱穆先生

学高仰止一儒宗,品读方知己识穷。

为子三迁真有后,先生故事泽恩隆。

小记王莘先生

自幼痴迷为乐忙,熔炉淬炼始成钢。

高歌一曲颂家国,万众归心奔富强。

第一辑　诗

贺朱胜民兄六十三寿

双猪[1]拱卫喜盈门，六十三年又一轮。

福寿双全松不老，身心两悦日初新。

贺志鹏汪健新婚

好事成双两梦圆，娇妻贵子报平安。

开心美酒杯杯满，似锦前程处处宽。

家业传承谋发展，功名造就莫盘桓。

长空振翅天涯矮，浩海行舟涛际欢。

勠力耕耘酬壮志，奔驰骏马不休鞍。

---

[1]"双猪"指胜民兄第一本姓"朱"，第二属生肖"猪"。

一往无前

春寒露重湿征衣,步履含风腿带泥。
冉冉长须飘耳后,人生遇事不头低。

时不等人

雾染须眉白,日羞天地红。
朦胧悬一点,不碍去时匆。
旧叶枝头落,新芽缝里生。
秋冬非作息,蓄势续春荣。

第一辑　诗

春天慢慢来

干红旧叶似新花，细触纷回地上家。

久沐春光香不见，依稀小草露尖芽。

发扬雷锋精神

精神绽放似光芒，照耀人心各亮堂。

代代传承旗帜举，九州圆梦铸辉煌。

孕育春天

春天须孕育,不是一朝来。

万物恒心力,持之花必开。

春来瞬间

切勿嫌春晚,来时一夜间。

风吹千叶绿,日照百花闲。

梨白飞云鬓,桃红染玉颜。

莺声啼婉转,雨泪湿斑斓。

梦醒休惊诧,江山锦绣环。

雨打梅寒

雨打梅寒倾作泪,伤心滴落暗含香。

痴情鸟雀歪头问,何故低眉哭断肠。

春　晨

鸟唤春光醒,依稀梦里鸣。

朦胧朝雾醉,杯酒海天擎。

补全杨永吉诗句

独立高山赏劲松,炎凉历尽始从容。

悬崖屡把新枝发,不学昙花数日浓。

桃花谷

谷里桃花满,随风似雪飘。

一支三两朵,娇艳把人邀。

第一辑 诗

暖阳催发

春阳暖照发新芽,溢汁流光更护花。
脆嫩一身香四散,蜂痴蝶醉不回家。

来日方长

高楼夜半影成双,灯下佳人对饮忙。
若是情真常执手,今宵不醉又何妨。

春　潮

春声似海潮，大地尽波涛。

万物争风发，人生岂可逃。

夜遇海棠香

夜半归来香袭人，朦胧一树海棠新。

迎风摇曳妖娆影，不怕天涯月色贫。

海棠正肥

树树海棠肥,枝枝香色垂。
休言他日瘦,免惹此时悲。

观车外风景有感

开车专注坐车闲,两侧风光似水涟。
景象万千纷后逝,长存天地是云烟。

杏花村印象

杏花村里酒香飘,舍变高楼水映桥。

万物层新辞破旧,清明借雨各妖娆。

笑对人生

人生虽苦莫添愁,短暂光阴逝水流。

大好河山春意闹,蜂飞蝶舞蜜香酬。

绝处求生

峭壁青松立,悬崖碧草垂。

求生于险境,心志不曾移。

世界很精彩

无边风景四时新,久困身心却未闻。

最羡长空飞雁影,天南海北逐芳芬。

春短夏长

春光易逝花期短,夏雨频来水调狂。

几瓣幽香风早散,一方碧玉映汪洋。

贺欧子煜藏瑞琪新婚

丈八男儿志顶天,依人少女觅良缘。

亭亭玉立香盈袖,款款情深爱满川。

憨厚坚贞常树范,温柔贤惠永争先。

今生携手同船渡,子煜瑞琪鸳枕眠。

丁香结

树树丁香似雪飘,紫红洁白绿风摇。

芬芳阵阵邀人醉,愁染眉梢不愿凋。

写在世界读书日

细雨天边落,清风耳际萦。

新茶温未冷,佳句意初成。

挥墨余香绕,知音妙语惊。

谁能常益智,书好伴终生。

雨后春光

春光雨洗最迷人,雾白烟青玉露新。

万里长空云影淡,无边旷野绿荫匀。

江山起伏玲珑席,楼宇参差缥缈身。

蔽日浮尘连夜去,朝霞耀眼晓风淳。

第八个中国航天日

九天揽月照神州,海阔江宽不再愁。

绝地巡航甘寂寞,高空守候竞风流。

一方沃土烟霞染,万里长城星汉游。

旧梦今圆精彩绘,和谐美满志终酬。

第一辑 诗

欢迎欧子煜新婚亲友团

京城来贵客，十渡宴高朋。
美酒杯杯满，佳肴道道层。
随风飞舞袖，挽月踏歌灯。
醉卧良宵短，余香雾露承。

燕山文化市集写意

文化终成市，精神助创城。
人人光彩放，处处性灵生。
笑语称佳品，风流享盛名。
惊雷催战鼓，闪电送温情。
雨润身心爽，徐来天地清。

望叶养眼感怀

树叶分明眼不花,心灵澈亮玉无瑕。

天涯伫立征途远,望断方知日已斜。

赏雪有得

青松披白发,大地裹银装。

日下玲珑碎,风中鸟娜伤。

雪与桃花

桃敷雪粉三分白,雪抹桃花数点红。

日下交辉香泪滴,伤心作别两消融。

报春桃柳

杨柳桃花争报春,萧条色里竞缤纷。

星星点点皆心意,染绿描红步履勤。

夜鸟惊心

月夜晚归人，竹林惊宿鸟。

飞枝梦呓烦，缓步声方了。

坐羡春光美

柳绿风清碧水潺，桃红梨白玉兰喧。

双人对影春光醉，四面环湖香雾存。

小室轩窗门紧锁，粗茶淡饭酒微昏。

盗图空羡江山美，借赋诗词解躁烦。

第一辑 诗

阳春白雪

阳春携雨至,白雪带香来。

万物随天意,开心远雾埃。

春来之月末

时行三月末,四海始澄明。

日暖乌云散,风柔细柳萦。

深林新绿染,小院乱红呈。

且与寒冬别,遥闻百鸟鸣。

独赏春芳

风撩细柳泛千颜,人赏新枝呈万端。

仰慕春芳心意乱,花前独倚是孤栏。

春尽色还稀

万物逢春心各异,东风几度色还稀。

桃花谢后枝方绿,月季开时叶已肥。

朵朵清梨常带雨,层层浊水也生辉。

人生最怕阴阳错,好景难消惹是非。

祭扫追思

静卧荒原入夜清,人间灯火照分明。

阴阳两隔非心意,即使魂消难舍情。

茶里的家味道

少小勤耕广种茶,终成极品众人夸。

清明若得杯中绿,即使天涯也似家。

万物萌发

蜗居一日海棠开,栾树新芽夜半来。

怒发金枝黄叶嫩,丁香簇拥待人猜。

春花厚重

春花树树压枝低,香厚情真怕别离。

好景难堪时短暂,忧心后会又无期。

大好春光毁于尘

天阴风冷嫩枝飘,春暮沙尘趁乱飙。

害得花身蜂蝶弃,伤心掩面失妖娆。

万物春生

午后阳光初暖人,昏沉万物忽精神。

迎风萌动争春色,突突新芽各满身。

贺三位宇航员顺利归来

逐梦蓝天整半年,星辰日月枕边眠。

旌旗猎猎迎风展,举国欢腾贺凯旋。

深山春雪

深山旧雪照幽林,满眼新梅悦客心。

野地留痕香脚底,悬崖止步赏春襟。

第一辑 诗

休闲一个周末

一

周末身心似野云，午休一觉到黄昏。
西窗落日东墙满，放逐春光入梦魂。

二

放逐身心解躁烦，通宵一觉彻休眠。
蒙眬眼醒日高起，且把闲云作晓烟。

越老话越少

人到中年脾气小,已知万事终缥缈。

春来春去眼微睁,花落花开心不扰。

流水落花春去也

冬去春来岁月常,花开叶落喜忧忙。

红尘处处风情物,别恨离愁最断肠。

车程十万有感

转眼车程十万多,星星点点汇江河。

人凭跬步至千里,铁杵成针岁月磨。

步刘国富老师《柳絮》韵

柳絮随风不入流,千年爱恨永无休。

缠绵空许天涯住,岁月逢春即白头。

世界读书日感怀四首

卖米买书

自幼偏寻书海驰,家贫也爱觅新知。

腹中饥饿犹能忍,最恐荒芜心脑痴。

砍柴采药还钱买书

草鞋脚底助翻山,采药伐薪攀险关。

换得诗书珍宝捧,不沾茶饭也开颜。

边放牛边看书

深山野岭放牛娃,沉醉诗书冷落霞。

双眼模糊方觉晚,呼寻借月赶回家。

书房成杂物场

万卷藏书架上凉,灰尘蒙面暗无光。

平生盼得修身地,早已堆成杂物场。

人非物品

人非物品岂能换?共度终生真有缘。

千万豪言均属土,栉风沐雨始称贤。

天生命苦

入口新茶胃里酸,天生命苦福难安。

自来清水温开服,润嗓舒心又利肝。

第一辑　诗

题友送梨花图

友拍梨花命作诗，详询意欲对谁痴。

声言大局利生计，无限情怀天下奇。

靠不住

偶见残红绿里藏，星星点点各凄凉。

枯荣尽赖东风赐，色艳香浓怎久长。

不负万物

万物纷呈各有心,其中意味待搜寻。

人生厚薄皆由识,大智初终始热忱。

百吃不厌

天生偏米饭,顿顿解馋肠。

面食些微点,余光已绕梁。

赞青年

一

青年节里赞青年,尔辈从来不畏天。

抛舍私情存大义,倾心鏖战谱新篇。

二

青年节里放光芒,奋勇争先不下场。

矢志初心真助手,建功立业续辉煌。

继续为青年点赞

一

谁家儿女不私心,大义当前何用斟。
日月星辰连作证,青春绽放展胸襟。

二

壮语豪言千万轮,以身垂范树精神。
纷繁世事高悬镜,照尽原形现假真。

三

策马扬鞭万里征,艰难险阻化无形。
铿锵步伐惊天地,一世功成万古名。

立夏辞春

未觉春滋味,当空日已稠。

蛙声清水隐,竹笋绿枝幽。

不识槐花落,犹疑红豆丢。

伤心双手捡,一地怎开头。

立夏月季

月季开逢天地昏,幽香袭远盖风尘。

春时不与花争艳,立夏频添一色新。

见新竹有感

细竹参天靠节高,群峰立地借基牢。

人生欲展凌云志,厚积恒持任贬褒。

巾帼不让须眉

洁白戎装亮半天,英姿飒爽敌心蔫。

江山万里硝烟尽,换我红装共镜前。

好男儿志在四方

自古男儿志四方,江山万里自徜徉。

青春绽放功勋建,遍地黄花送酒香。

闲 云

闲云非自在,处处受风欺。

整日无方向,终生实可悲。

智慧的云

善借风威万里征,浮云本是水尘生。

逢时顺势成诸事,休道无心志不明。

上善若水

化云挥雨汇江河,遇阻成渊越坎坡。

入地上天皆使命,生灵润泽尽欢歌。

但愿人间永月圆

晚归门控识人心,言语温馨浊泪涔。
回首千家灯火暗,月圆入梦不西沉。

无悔人生

红尘滚滚各西东,人海茫茫善始终。
巧惜机缘存万念,随心何惧许渔翁。

侠骨柔情

柔情侠骨两倾心,边塞春闺各管音。

大漠高歌天地阔,轩窗细曲柳杨沉。

描眉策马双飞度,含笑生嗔四泪涔。

儿女英雄忠烈继,闻声触景酒频斟。

以诗当酒

小诗似酒频频酌,浊酒犹诗细细斟。

品尽人生千万味,杯杯字字笑丹心。

辣椒下饭

一

人生百味各争甜,尝后方知不可贪。

安逸招来心智浅,还需苦辣醒昏酣。

二

辣椒下饭味真香,节省资源保健康。

简洁人生无所厚,饥馋两解即风光。

花开时节不见君

满地蔷薇空自开,多时未见故人来。

花香郁闷悲蜂蝶,各锁愁眉不愿抬。

看惯还需看淡

宠辱不惊因见多,江山处处醉心窝。

闲来无事提包走,快意人生还欲何。

龟山杜鹃

一诺三年久，至今无所成。

杜鹃常化雨，龟首饱含情。

锦绣群山艳，馨香万壑盈。

凌空云袖舞，四季叶花生。

何日圆心愿，春归梦不惊。

端午居家

端午居家闻粽香，乡愁随酒入肝肠。

杯杯难尽杯杯尽，事事无常事事常。

夏日阴雨天

雨细天微湿,风清叶少欢。

阴沉凉意在,望眼绝云端。

踏歌词

凝眉闭眼躲喧嚣,向晚求安享寂寥。

脑海沉浮翻旧事,悲悲喜喜尽心潮。

最怕是人心

海大天高万象呈,鱼游云荡各轻盈。

临渊本自无知觉,想起人心恐惧生。

在闹市打坐

难忍喧嚣乱鸟鸣,欲寻松竹听风铃。

凝神静坐心怀远,自有山花入梦馨。

苏 轼

诗词惊四座,唐宋据三家。

才德传佳话,文韬缀丽华。

清廉非媚俗,高洁自羞花。

春晓苏堤尽,人人翘首夸。

苏 洵

用功虽贵早,发奋未嫌迟。

立业存前后,成名历险夷。

心诚终有得,德厚定周知。

大智须臾在,苏洵实不痴。

苏　辙

三苏官最大，论小是年轮。

兄父亲情笃，乌台寓意真。

文章图慷慨，宦海觑沉沦。

所幸皆无恙，流芳励世人。

雨时方能静

阵雨绸缪多日下，阴云笼罩顿时消。

窗前静听人声隐，不似晴空昼夜聊。

自 悲

心烦宜戒酒,静坐锁愁眉。

想起荒唐事,摇头独自悲。

天海云花

天似海洋云似花,荡蓝飘白竞奢华。

繁星入夜群鱼散,驾月垂钩橹作叉。

忘　酒

小酌解心烦，微余竟未干。

停杯怀琐事，弃箸别愁盘。

入定寻诗句，无情绝俗端。

忽闻人召唤，剩酒待谁欢。

独自言愁

天天纸笔写烦愁，恰似长江空自流。

两岸青山斜目看，猿鸣鹤唳笑孤舟。

随感五绝五首

梦别当真

夜梦天天醒,昏头幕幕追。

无聊虚幻事,切勿锁愁眉。

挥不去

夜梦醒时残,回翻片片寒。

今生无限事,少有使心宽。

空调好

冷气守窗帏,薰风半道归。

开怀宜畅饮,独自醉心扉。

时光快

盛夏写春忧,无花绿叶酬。

阴凉方待客,草树已光头。

思故人

喜鹊窗前闹,烦愁脑海堆。

昏沉双手托,似见故人来。

夏日晨漫步金燕湖

一

鸟受人惊晨梦碎,鱼随水起夜窝倾。

垂青古树阴凉蔽,泛绿新枝清爽生。

二

夏日寻幽须早起,车稀人少气清新。

置身闹市心求静,彻夜能凉燥热邻。

自书自买

天涯飞絮小诗集,拱手虔诚恭送毕。

自赏孤芳买后存,翻来覆去愧无述。

桑榆唱晚

才青草叶又枯黄,岁月无知望眼伤。

既是桑榆须唱晚,空余叟影远春光。

难 堪

衣冠对镜失从容,横竖腰间苦紧松。

里外皆嫌仪态乱,探求根本在心慵。

万物皆有情

常贴轩窗坐,但求身影随。

相思无异类,久别尽生悲。

愧对祖师爷

屡遇虔诚拜,慈眉含笑接。

宽容善目明,愧作今生叶。

清晨踏梦

大院藏幽鸟鹊欢,浓荫蔽日草花繁。

清晨一路珍珠梦,剔透玲珑脚下弹。

闻声入梦

慢步幽林听鸟鸣,潇潇夜雨玉珠清。

星星点点高低挂,滴入人心梦自成。

铭记历史,自强不息

卢沟桥上月,夜夜照伤痕。

弹孔经风雨,时时醒国魂。

第一辑 诗

今日又槐花

槐花开似梦,不敢认当前。

俯首穷追忆,方知又一年。

荷花露

欲掐新荷玉指弓,人花一色粉含红。

迎风两滴鸳鸯泪,落入青衣伴露终。

超级月亮

一

云上蹒跚月,天涯执着人。
明知无可及,也愿许东邻。

二

夜半长亭新月满,天涯异地旧心伤。
农人把酒桑麻话,我自飘零剩断肠。

第一辑 诗

美丽的燕山夏日晨

山青水绿白云忙,点缀神州似画廊。
扭转平庸成锦绣,躬逢盛世享荣光。

大爱无声

志愿助人身手勤,妻贤子孝克艰辛。
公私俱以忠诚侍,大爱无声天地春。

骄傲的夕阳

喜看夕阳红满天,西沉最后也开颜。

时光无惧东流去,贵在生前不等闲。

满月照断肠

杯酒难消万里愁,良宵独上断肠楼。

人间处处欢声旧,灯火阑珊照白头。

题并蒂莲

一

茎是多心节,花开并蒂莲。

丛生幽沼里,惊艳世人前。

二

花开并蒂双蓬结,茎欲多心数孔生。

水里栖身腰板直,空中散叶玉怀清。

燃烧即凋谢

流光似火自燃烧,万物何堪逝水浇。

满眼烟云枝叶倦,苍天白发竞萧条。

夏日幽梦

炎炎夏日暑难消,万物心头似火烧。

手指苍天甘露下,杯斟浊酒彩云飘。

呼风扫尽红尘苦,踏月寻来喜鹊桥。

自始清凉花满树,人间处处乐逍遥。

第一辑　诗

夏夜小雨

一

雨送清凉浇日落，夜来淅沥伴眠生。
隔窗似是沙沙语，入耳皆成点点情。

二

细雨含尘身上落，浑泥带水叶边沉。
清凉未解烦愁在，蒙眼揪心浊酒斟。

望远休闲

通宵值守体能消,脑眼昏花脚底飘。

破晓迎风无限事,偷闲望远也逍遥。

青莲出水

青莲出水自清新,不染泥中半点尘。

高洁迎风花叶展,香幽气静玉身淳。

气静神怡

遇事不心惊,今生气自清。

光华风雨落,何必枉多情。

雨送清凉梦不醒

夜半惊雷彻,窗前闪电明。

沙沙清雨落,习习爽风生。

解暑身心觉,催眠眼脑醒。

依稀晨梦里,不与晓鸡争。

夏日雨后阴天即景

云遮雨洗爽风吹,一色清凉绿叶垂。

喜鹊松间盘玉落,高峰雾上俯身窥。

腰前似是鲛绡绕,头顶驱驰鱼藻随。

难得天人都自在,炎炎夏日也知疲。

烟雨缘

一夜清凉雨,千山淡泊烟。

升腾呈万象,消散惜无缘。

醉一次醒一世

安然一觉到天明,万事烟云醒后清。

已逝人生杯酒酌,双眉不再锁虚盈。

不求理解但求无愧

值守艰辛怪事多,形形色色若星河。

知情尚与生怜悯,冷眼还将恶语呵。

自度人生别百年

心宽不畏谗,乐得肚儿圆。

对雨迎风笑,怀霜抱雪眠。

山川挥锦绣,湖海弄歌弦。

自把人生度,逍遥别百年。

夜夜相思日日懒

慵懒床头睡眼忪,青丝对镜乱蓬蓬。

台前冷烛抛红豆,粒粒勾魂夜夜空。

鹊 桥

七夕鹊生情,天桥飞架成。

人仙恩爱续,翅羽化红英。

七夕看寂寥

七夕天阴不见桥,人间喜鹊影声消。

飞身成就千年恋,剩我窗前看寂寥。

惯看春秋年年老

久困孤城心意疲,周边万物少新奇。

花开叶落春秋老,仰望天涯紧锁眉。

雨送秋凉邀月醉

借口贴秋膘,天涯慰寂寥。

佳肴谁与共?对月醉通宵。

第一辑　诗

老蟹游船戏东风

楠溪江上一船翁，双橹胸前脸笑红。

细看方知游客拌，襄阳老蟹[2]戏东风。

凡事有度

雨后清凉邀月对，人间善恶有天知。

心宽与世无争执，物变随缘莫醉痴。

---

　　[2] 老蟹，系中国蟹派画创始人严学章自称，湖北襄阳人，此诗是观其游楠溪江情景照而作。

碧血丹青

爱心恒久远,仁义永因承。

人类长赓续,丹青碧血弘。

滴血大爱

爱心须接力,仁义始长存。

生命何赓续?人人滴血温。

恩情常入梦

纸钱一炬化灰飞,刻骨相思浊泪随。

感念恩情常祭奠,音容入梦醒时悲。

桑拿天

群山热气伤,无雾也迷茫。

不下清凉雨,天涯怎亮堂。

秋雨生烟

立秋细雨尽生烟,雾绕山川云满天。

两眼迷茫孤独在,心灰意冷夜无眠。

人生天地间

岸柳垂青入水潺,江船逐浪戏鱼欢。

潮头起伏心飞舞,自在人生天地宽。

第一辑 诗

秋雨浇心

春风拂柳柳枝狂,秋雨浇心心意凉。
世事荣枯皆次第,人生聚散两匆忙。

烟消云散朗乾坤

长空不怕浮云厚,自有高天日月悬。
雨雾因循昏暗地,清风一扫尽生妍。

秋夜蝉鸣

夜深蝉不歇,代诉胸中结。

萤火眼前飞,烦愁天际列。

群山一色青,寡语三言绝。

月满伴孤亭,星稀隐热血。

波涛潋滟生,起伏风光决。

漂泊的心

无心赏月月还圆,笑我孤身醉客船。

起伏随波千万里,江天日夜带愁眠。

自省自勉自励

庸人办事效能差,矛盾从来更有加。

复杂头昏无所措,简单变乱一团麻。

见物思人

头昏烦闷厚,懒散绕茅庐。

向晚蝉声厉,迎风步履徐。

丝丝凉意爽,朵朵暮云舒。

见物痴心觉,修身杂念锄。

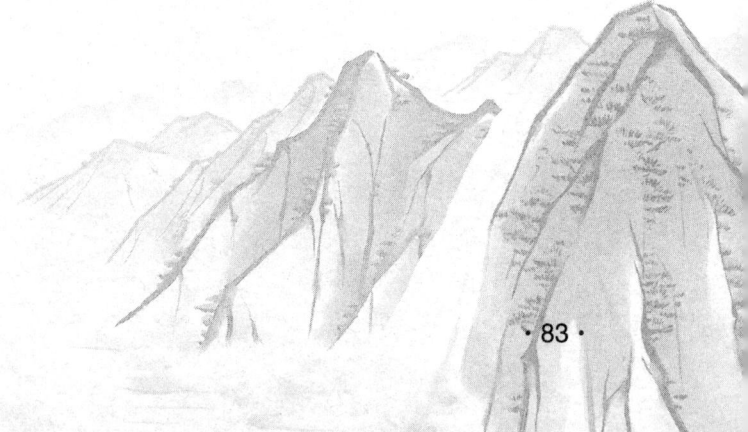

秋日写真

光烈风凉秋日裳,天高云淡桂花香。

潺潺碧水青山映,缕缕炊烟白鹭翔。

秋凉易梦

入夜秋凉惹梦多,缠绵怪诞共清波。

拳拳眷恋随风逝,醒后还痴又奈何。

秋 怅

扑面秋风无桂香,天高云淡影彷徨。

浮光似雾隐山色,不见炊烟心意凉。

秋荷朝露

秋荷叶叶承朝露,满月时时照断肠。

碧水迎风争潋滟,孤亭随影沐清凉。

秋夜对雨

夜雨冷清秋,天涯黑尽头。

装欢倾浊酒,掩面隐离愁。

叠影浮光幻;孤魂旧梦游。

云霄多月照,万里泛兰舟。

百瑞谷长走偶得

满眼青葱惊岁月,一湾碧水小苍穹。

高峰欲尽云烟矮,远影难全步履匆。

第一辑 诗

细品秋光二首

一

天凉好个秋，万里片云悠。
早晚清风醉，暂消心上愁。

二

阵阵秋凉夜雨衔，随风入梦意犹酣。
晨钟不醒缠绵事，尽把罗衣玉露贪。

生命赞歌

秋风非不力,生命实坚强。

草树添新绿,江山着彩裳。

千花争烂漫,万物竞芬芳。

莫道时光短,霜前各自忙。

四海情义一"群"牵

"群"铃滴滴动人心,久别重逢双泪涔。

浪迹天涯情义在,飘香桂子满胸襟。

秋风无力

秋风不落常青叶,瑞雪能开傲骨花。

聚散因时随事务,悲欢有道化云霞。

今生已老

幡然人已老,接电手抽筋。

无惧成生死,心余事未勤。

中秋诗韵六首

印象中秋

蟹肥黄酒醉,月满桂花醺。

团聚中秋夜,妖娆溢画裙。

客居中秋

佳节不能归,相思酒里堆。

杯杯含泪饮,醉梦故园梅。

借酒话团圆

清秋新结友,借月再团圆。

碟碟珍馐缀,杯杯玉露连。

言谈嘉壮志,举止颂华年。

相见休嫌晚,良宵缘续延。

中秋夜雨

翘首中天盼月圆,惊雷响彻玉鞭寒。

阴云蔽目风烟厚,冷雨倾盆枝叶残。

天意如此

夜半归来风满楼,沙沙冷雨入帘愁。

中天皓月云遮断,一念天涯双泪流。

中秋即兴

稀星满月两徘徊,天下离人泪到腮。

玉液难消孤独苦,珍馐冷落乱云来。

难得自由

人生何所求，醒后不知愁。

万物从容事，开心享自由。

寄语小儿留学

心怀天下渡西洋，莫畏艰辛才学昌。

载誉归来桑梓幸，神州圆梦续辉煌。

笑对人生

心伤泪不流,气壮志方酬。
直面西风烈,花香指日求。

绿荷心意

绿荷心意苦,无雨也含珠。
菡萏开时艳,莲蓬梦里殊。

满月清秋

满月照无眠,清秋更露寒。

昏灯浮影浅,浊泪洗香残。

辗转无人对,缠绵少梦欢。

尽尝孤枕冷,屡觉薄裘宽。

绝　配

花果稀奇叶也珍,曾经美味忆犹新。

频将院里芳香断,愿许尖椒共绝尘。

秋韵七绝五首

一

鸟声婉转晨烟翠,夜雨缠绵朝雾浓。

绿叶含光垂玉露,秋风快意爽青松。

二

秋来未见西风烈,点点清凉雨后知。

细语温柔方悦耳,寒冬凛冽始颦眉。

三

春秋始识温柔短,冬夏方知冷热长。

细品清凉心觉好,花红叶绿染霓裳。

四

满眼繁华风扫尽,一川萧瑟雨交加。

天涯冷落寒烟伴,暮色参差野路斜。

五

千愁万绪压头低,欲展双眉手不移。

闭眼沉思心意冷,今生且作暮云垂。

有心就有风景

群山怀里小亭幽,四面深林隐鹭鸥。

赏心悦目光影浅,风清叶绿指尖流。

畅享金秋

节味渐浓秋色染,花坛耀眼游人赞。

神州五谷尽飘香,雁送佳音天际唤。

山心永恒

群山静卧待时妆,四季丹青绘画廊。

笑看云烟风雨洗,阳光冷暖惯平常。

夜雨化珠

昨夜消魂雨,今晨含泪珠。

凄清秋叶挂,滴落有谁扶。

忐忑不安

小石起波澜，心惊胆更寒。

参差天地远，不敢倚高栏。

老人与中国

躬逢盛世老无忧，快意随心享自由。

楼下呼朋风月赏，天涯慢步夕阳酬。

提笼架鸟清茶品，舞剑挥戈康体谋。

更有豪情高万丈，一腔余热献春秋。

光之恋

西天落日暮云栓,欲把光辉永续延。

白昼辛勤荣万物,夜间借月送团圆。

苦行僧

秋风怀里觅佳句,瑞雪堆中寻暗香。

自古多情皆自虐,常拿花草做文章。

各有所爱

云借清风上九霄,蓝天虚位待妖娆。

浮光掠影江山静,独爱长空日月昭。

残羹剩酒

剩酒如愁今未了,残羹似爱昨方浓。

西天日暮浮云散,寂寞长空自动容。

知　足

清汤下饭不堪怜，尚有饥肠未得圆。

尝尽旧时穷困苦，光盘泪动忆从前。

常忆英雄泪沾襟

中华英雄浩气存，传承千古聚精神。

征程万里丰碑树，碧血丹心泽后人。

欢度国庆

盛装迎国庆,中华尽欢颜。

簇锦昭荣耀,流光溢彩斓。

长城龙凤舞,广宇管弦环。

慢步金秋踏,天宫云外闲。

细雨清风秋正好

细雨休撑伞,清风莫掩帘。

飞丝双鬓染,落叶两鞋粘。

地湿尘含露,天阴光带檐。

江山秋似画,放眼尽心忺。

第一辑 诗

雨中月季

雨中荷泪似清珠,不想凄凉被冷储。

紧锁芳心佳日待,艳阳天下色香舒。

好兴致

佳节遇重阳,相思不断肠。

登高风雨里,但觉桂花香。

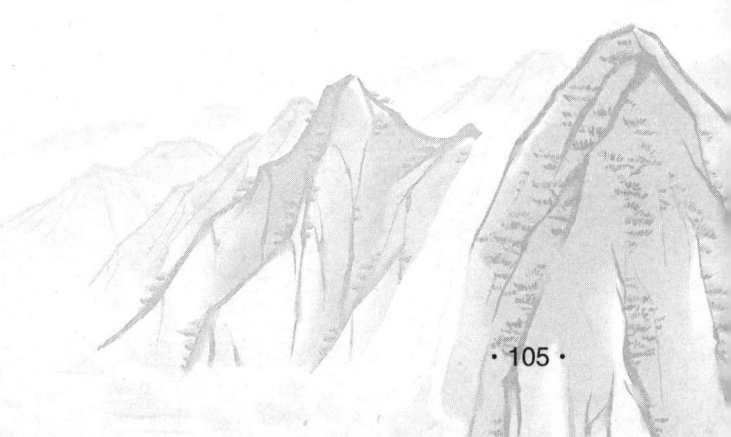

风起云飞

风舞秋枝作彩幡,红黄粉绿各斑斓。

长空数片游云急,误把琼楼玉宇环。

因事见人

尽历西风扫,终无半点尘。

抬头天似洗,放眼地成新。

畏冷心孱弱,忧谗志贵珍。

时光呈万象,各自显精神。

第一辑 诗

秋风即景

叶落惊涛紧,帘宽卧榻松。

秋风凋碧树,岁月染青峰。

日远烟云冷,天高粉黛浓。

顺时常放眼,遇事尽从容。

山海人生

曾经大海变群山,造化神奇岁月圆。

短暂人生朝露逝,非凡业绩永流传。

喜迎党的二十大

金秋迎盛会,汇智续辉煌。

中华精神聚,乾坤日月彰。

风云随变换,意志自坚强。

舵稳行方远,心恒业始昌。

杜　鹃

春夏常啼血,声花尽染红。

心怜天下苦,愿以此生穷。

第一辑　诗

还　珠[3]

昏昏羞日月，朗朗耀乾坤。
四海还珠际，人间草木尊。

垂钓者言

钓鱼宜静不宜喧，平淡人生莫学蝉。
本已无成多少事，修身养性度残年。

---

[3]　还珠，古时合浦地盛产珍珠，可地方官员很贪，将珍珠都移到别的跟前。东汉的孟尝到这里来当太守，革除贪污流弊，珍珠又回到合浦来了。故以"还珠"喻官吏为政清廉。

无知诗二首

一

无知愚昧惹烦愁,事事难成事事丢。

腐朽缠身楠树烂,高山流水奈何秋。

二

人生若与无知伍,万事徐来必费心。

蒂固根深终不悟,周遭累及苦呻吟。

新书贺周末

手捧新书喜不狂,平生处事少虚张。

心知肚里江湖浅,点墨无余鬓已霜。

读文友的书评有感

溢美书评倍觉羞,茅庐未出步还浮。

坚冰化水恒功力,铁杵成针方可酬。

点赞文友文澜珊

文友多才志未酬,辞停旧业解心忧。

耕耘影视开天地,款款深情不带愁。

书评促奋进

书评升意境,激励上高阶。

不敢虚狂妄,精修始释怀。

深山赏秋二首

一

进山非赏景,一意耍玲珑。

不管相思苦,频频数泪红。

二

千山万片红,霜叶似花丛。

反照秋光亮,天涯一眼穷。

酒里乾坤

一

千古文章赞酒香,逢人遇事必排场。
其中到底何滋味,皇帝新装谁敢伤。

二

入口难咽紧锁眉,龇牙咧嘴色含悲。
丝毫未觉甘醇味,贻误人生能怪谁。

静待来年

天生万物各坚强,不到深秋色不黄。
历尽寒冬心未死,逢春化蝶逐花忙。

兵来将挡,水来土掩

频逢困境亦高歌,积极人生谁奈何。
披荆斩棘开大道,栉风沐雨踏清波。
深山滴水成江海,广漠孤烟染玉河。
既是凡心存远志,万千险阻不辞多。

感恩莴笋皮

莴笋皮真厚,分身即半盆。
曾经帮度日,今未忘其恩。

秋色正浓

深山万树红,秋色比花浓。
俏似佳人面,迎风各动容。

举杯邀月

楼榭亭台万丈高,辉煌灯火照妖娆。

呼朋把盏邀明月,但见嫦娥舞九霄。

真情自然流露

原本天阴莫说晴,人生失意怎高声。

愁眉尽掩装欢笑,压抑心神无处名。

钓 鳌[4]

众山随水动,鳌守始心坚。
无事装豪迈,沉浮一钓悬。

秋末冬初

秋末遇天阴,西山雾里寻。
枝枝枯叶尽,秃树更寒心。

---

[4] 钓鳌,传说,渤海东面有五座大山随波漂流。天帝叫十五只大鳌顶住,山才固定不动。友伯国有一巨人举起脚来跨出没几步,就到了五座山的跟前,他一下钓去六只鳌,因此,有两座山就沉入海底了。后以此喻豪迈的举止或远大的抱负。李白《赠薛校书》:"未夸观海作,空郁钓鳌心。"

秋色伴闲愁

小院锁深秋,藤枯枫叶稠。

鸡鸣墙角冷,犬吠暮时幽。

土灶飘香味,童声笑火钩。

荒棚悬弃果,青菜裹闲愁。

酒满无心饮,月亏人未周。

砥砺前行

才华枯绝久无诗,愧对文人谬赞辞。

仔细阅来心顿悟,还需努力尽驱驰。

暂别在冬季

冬来霜叶尽,秃树锁人眉。

银杏除金甲,青松老玉枝。

寒风穷野地,冷雨彻清池。

恨别频生泪,伤怀不自持。

高天红月

红月远人烟,高天独自圆。

苍生多疾苦,夜夜照无眠。

冬寒雾重

夜冷早风凉,天寒朝雾狂。

随云遮旭日,落地化飞霜。

怀念罗先武师长

屡次相逢幽默多,忠诚为国守山河。

天南海北常飞度,历尽艰辛亦放歌。

寒冬雨雾

冷雨也成溪,寒冬带泪啼。

天涯迷雾里,难辨是高低。

望远思故人

雾散冷云堆,长天厚幕垂。

江山宜放眼,却少故人随。

第一辑　诗

雨过天未晴

雨雾两消停，天阴却未晴。

浮光云里散，极目冷风生。

晴冬晓色

晨光冷照晓风寒，紧裹轻裘步履坚。

潋滟江山斜眼看，参差影里觅炊烟。

叶坚强

一意垂青到暮秋，烟尘染尽不含愁。
寒冬冷露凝霜厚，争借晨光照粉头。

叶——不忘根本

秋深方变色，冬至立高枝。
不怕风吹落，心忧树秃时。

不知高低的叶子

光透冬林叶已稀,曾经厚密惹莺啼。
冷寒不敌随风逝,莫再招摇笑树低。

树——痴心不改

坚守终身待叶栖,沧桑历尽也心痴。
风霜雨雪春秋度,盼得飘香花满枝。

邪不压正

看惯人间善恶争,茅庐未出辨分明。

伤天欺世盗名事,诡计多端也不成。

攀登觅景

居高一寸景翻新,万物参差各有邻。

若想人生能放眼,还需智勇克孤贫。

无为无用

两鬓飞霜头顶稀,青春不再事无期。

天天饱食浮光度,如此人生实可悲。

盼东风

逆境行舟雨雾浓,前程何处遇东风。

冬寒尽裹迷茫色,不见烟光化彩虹。

长空飞羽

羽恋长空夜未归,朝阳喷涌送光辉。
身形变换含羞散,没入银河学采薇。

昼夜相思

晨曦早照西窗亮,疑是孤灯彻夜光。
一屋相思天未觉,催人旧梦换新伤。

第一辑　诗

人生孤旅糊涂度

人生半百忘初时,身自卑微本未期。

偶遇知音垂一问,涔涔泪落寸心悲。

神州更美

黄河九曲似龙飞,入海吞波唤玉归。

绝地回春生绿意,神州处处更光辉。

做好人生选择题

人生一路苦奔波,偶有闲情应放歌。

美景跟前宜驻足,行经浊处快飞梭。

小雪节气写意

不知天欲雪,但觉冷寒侵。

放眼烟云厚,频将浊酒斟。

第一辑　诗

愧对人生

今生何所事？虚度费年华。

两鬓空留白，心亏勿自夸。

心怀天下

为克时艰负重行，烦心烂事雾烟轻。

江山处处倾心血，笔下纵横天下情。

浩气凛然

一腔热血毕生倾,装点江山精彩呈。

醉里昏灯缭眼乱,酣然入梦笑纷争。

饮鸩止渴

已是三高又奈何,粗茶淡饭去陈疴。

劳神费力心憔悴,酒入愁肠毒更多。

春心不死

不是常青树,寒冬久抗衡。

叶枯心未死,泛绿待新生。

寒夜晚归人

车少路才宽,冬深夜更寒。

天涯残月照,入梦也心酸。

丢 人

技艺皆穷手眼贫,五分才二太丢人。

一声叹息眉双蹙,天地悬殊怎作邻。

贺中国空间站建成收官

逐梦蓝天奏凯歌,英雄辈出若星河。

胸怀壮志精修炼,剑指长空久砺磨。

强国富民驱疾苦,扶危济困斩阎罗。

琼楼玉宇神州造,浩瀚苍穹枕碧波。

第一辑　诗

昨夜长风送诗两首

不低头不弯腰

彻夜长风浪不平,声威裹挟万枝倾。

弯腰再起输高洁,苟且延年枉此生。

低头弯腰

风厉树弯腰,头低志不凋。

逢春枝叶发,依旧竞妖娆。

佳期有约

神剑飞天令月羞,云霄直上不回头。

宫中玉兔频期盼,桂下嫦娥久渴求。

浩瀚星河常做客,逍遥宇际屡环眸。

真情有约无辜负,携手闻香共泛舟。

人性勿恶

堪称万物灵,性恶了无情。

漠视苍生苦,终将入罪坑。

第一辑　诗

加倍珍惜

平时珍爱在，严峻更宜加。

颗粒皆无剩，心宽复自夸。

再克服

巡查路上味飘香，久未回家恋旧床。

衣食难求穷自理，残余细选作精良。

召之即到

才把月儿约,又将朋友邀。

天涯时刻至,再不负良宵。

盼游名楼

四海名楼各有高,依山傍水竞风骚。

金鸾彩凤飞檐歇,墨客宣毫妙语褒。

携友登临辞远路,呼臣咏唱颂雄韬。

江天一色人心异,若想流芳浊浪淘。

步韵赋诗·寒冬

我赋严冬一首诗,天寒地冻到何时。

炊烟倒灌熏农户,雨雪交加打秃枝。

两眼辛酸含冷泪,满怀羞涩涌愁姿。

成年累月无闲日,梦里乡关也恐迟。

外一首

平生最爱倚幽香,尽把书堆作卧房。

昼夜巡游心不倦,若逢知己更疯狂。

步韵霜雁飞《书签》

终生执着爱文章,阅尽沧桑面色黄。

不怕孤灯光照浅,丝丝缕缕透心房。

步韵霜雁飞《相思》

西窗谁倚立?倩影入心帘。

今把诗书寄,相思字里添。

第一辑 诗

口味重

外出精心护,归来杯半酒。

洋葱大蒜拼,病毒皆枯朽。

换 气

天寒心不怕,执意把窗开。

浑浊烟尘出,清新爽气来。

人性本善

瓶水夜成冰,天寒人有情。
操持无早晚,护佑是苍生。

乘风归去

旧幕今时落,新天何日开。
身心无所适,愿去远尘埃。

同 感

床前真孝子,偷把泪珠含。
回首今生事,心酸实不甘。

日下月上

催下阴寒日,争悬冷峻钩。
风吹萧瑟起,夜幕笼烦愁。

默默支持

人情谁厚薄,遇事即能知。
不用多言语,扶危在及时。

求墨宝

蟹派传奇吃蟹忙,杯盘狼藉又何妨。
倾情纸笔成高贵,方寸天涯盼断肠。

第一辑　诗

世界很精彩

无边风景四时新,久困身心却未闻。

最羡长空飞雁影,天南海北逐芳芬。

路在脚下

风紧天寒败叶飞,沙尘迷眼泪双垂。

艰难跋涉初心在,别样人生足下期。

可 怕

日暮烟飞处,心伤肠断时。

非因风月苦,廉耻少人知。

宠物猫

养猫成宠物,整日享悠闲。

遇鼠邀欢伴,逢人献媚颜。

心安丢本分,技竭踞雄关。

偶往窗前望,楼高不敢攀。

手足情深

冬寒心不冷,米酒敞怀倾。

满满家乡味,浓浓手足情。

清香眉际绕,笑语耳边盈。

醉后身何处,乡音梦里惊。

谁逗谁

主人闲散赴东游,神兽居家屡发愁。

自作多情勤照料,开心彼此忘挠头。

喝酒攻毒

吾本无心惹,奈何君自来。

今冬钱不省,买酒醉怀开。

围炉煮茶

围炉新茗品,入口尽含香。

巧借清泉澈,深藏嫩叶光。

甜将心际润,苦把舌尖凉。

人醉邀明月,杯空倚玉床。

病趣二首

一

高举达摩剑，妖魔谁敢来？
望风逃遁远，天下永无灾。

二

今生恒毅力，艰险似闲茶。
饮尽千杯满，高歌对落霞。

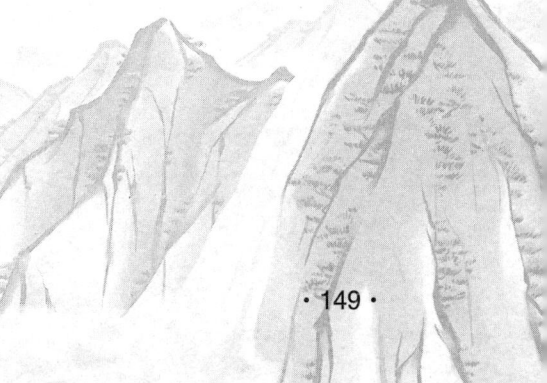

居家自饮自嘲

四门不出也饥肠,菜满锅圆眼放光。

费力劳心都是命,今宵且把酒杯忙。

梦里家园

午休一梦返家园,邻里无人相拥欢。

口渴难求杯水饮,心灰意冷醒来寒。

无情泪

腰酸腿痛病缠身,脑眼烧昏泪自陈。

滴滴无情孤枕湿,蜗居一角怕伤人。

病中偶得

久忙身自苦,一觉病烟消。

闹市凡心扰,深山涧水韶。

神仙迷忘返,世事困无聊。

且作悠闲卧,春来花月邀。

破 窗

风啸长空冷,窗生破隙烦。

承威狂乱曲,刺耳不堪言。

送别老英雄张富清

沙场征战凯歌还,卓著功勋堪圣贤。

舍弃荣华抛享乐,深山续写富民篇。

太懒惰

蜘蛛结网在吾家,今日方知愧自夸。
定是平时多懒惰,始成巢穴积尘沙。

如期出现

细数寒风也不狂,时维冬至兆天祥。
若逢节令违规律,怕是苍生又白忙。

通风感怀

通风虽觉冷,气贯送清新。

宁觅冰霜伍,休求瘴雾邻。

时时贪寂寞,处处怕沉沦。

龌龊图生计,何堪一废人。

自作多情

眼望长空泪直流,南飞孤雁不回头。

寒冬执意他乡度,独对北风欺破楼。

第一辑 诗

面向未来

岁末清盘去旧愁,年初万事好开头。

枯枝败叶随风逝,放眼江山新绿酬。

开心每一天

辛勤把粥熬,搅拌怕煳焦。

莲米开怀后,心中苦自消。

金燕湖

两湖弯八字,一水秀三家。

喷涌珍珠洒,盘旋巧嘴夸。

冬寒新月照,春暖小溪斜。

人造惊天地,时来也落花。

心向阳光

心向阳光雨也晴,风雷地动壮歌萦。

寒来暑往晨昏续,鬓满尘霜人不惊。

家书十佳

自写家书借事伤,人生半百勿彷徨。

江山处处惊花鸟,尽可开怀醉八方。

假瀑冬绝

假瀑源头绝,嶙岣乱石悬。

冬寒人怕冷,水死路无前。

曾舞风烟起,终遭岁月鞭。

须知天有定,不可断清泉。

家书再现

再现家书不是狂,心存善念劝人忙。
千锤百炼虽辛苦,换得余生气自刚。

长廊怀旧

藤满长廊色早枯,人游故地影全无。
阶前绿叶花香染,月下清风脂粉敷。
沉醉不知良夜短,飘零但觉只身孤。
天涯久别肝肠断,刺眼寒光照冷珠。

第一辑　诗

可怜鸟

阳光真不负，早早照轩窗。

尽送关怀意，频闻惜别腔。

心酸怜鸟雀，天冷断仓缸。

待到春来日，花开好事双。

午休无眠

思绪千头睡意无，翻来覆去害残躯。

桩桩旧事心弦紧，唯恐还将岁月辜。

美梦难重

通宵一梦尽缠绵,醒后心痴欲续延。

隔夜欣然邀入梦,翻来覆去却无眠。

白驹过隙

满望山原少见人,炊烟断续送余温。

寒冬日短晨昏接,过隙光阴一口吞。

浅尝辄止

酒本无心饮，忧伤手足情。

浅尝鱼水意，暂把旧愁清。

雨雪欲来

白天犹似夜，雨雪紧相随。

云雾窗前锁，头回不敢窥。

签名售书

一卷诗书值几何？签名售后莫嫌多。

天涯不远知音近,杨柳倾枝点碧波。

归心难圆

新酒初尝入口香,家乡味道醉肝肠。

相思骤起天涯望,搁浅归心阵阵凉。

重回小院感怀

小院五春秋,人生尽白头。

梧桐新叶绿,鸿雁旧巢愁。

成事多时运,伤心非智谋。

层层迷雾里,处处锁孤舟。

喜鹊迎春

小年喜鹊闹枝头,不怕天阴雨雪稠。

逆境还需勤向上,人生万事水中舟。

小年天气

小年天不美,满眼尽阴云。

大地冰层厚,长空日色曛。

风吹眉倒竖,雨冻手双皲。

哈气家书写,围炉柴火焚。

今生无所事,岂敢报纷纭。

风云突变

午后天晴风却凶,小年早晚不相容。

居家但觉孤身冷,举酒犹闻暮鼓恭。

夜半归来

风勤月浅暗含尘,半夜归来路也昏。
四野人稀灯照冷,低头掩面泪无痕。

瑞雪催春

江南瑞雪赛寒晴,玉粉初敷绿不惊。
摇曳随风甘露化,上天入地育春生。

美梦迎新

除夕依稀爆竹声,难惊美梦至天明。
新阳一缕窗前亮,入眼方知岁已更。

玉兔迎春

玉兔迎春俏尾招,金珠转运福星邀。
嫦娥挽袖弯腰望,但见人间瑞气飘。

第一辑　诗

风是春天的仪仗

阴云遮日月，大地少光辉。

佳节平常度，春风夙夜归。

驱寒冰化水，染绿叶成扉。

犀利声威后，天涯共翠微。

咏　柳

柳绿江南冬不凋，春风缝里发新苗。

青葱招展人前后，老旧无声影自消。

风吹窗叫

一遇风吹窗也歌,尖声入耳乱心窝。
今生何事不能忍,屡次惊烦噩梦多。

求妙招

笔变似蛇矛,真心妙法求。
若回精彩状,茶酒奉君周。

第一辑　诗

惹不起的珍宝

金雕珍异类，得见不寻常。

偶把真容露，频将霸气藏。

飞身雷电至，伸爪鼠狼亡。

势自惊天地，鸡羊切勿伤。

乡情难忘

有幸登科万户欢，倾家斗麦醉无眠。

心存感激天涯念，愿尽余生助梦圆。

大象出游

群象出游萌态生,逍遥北往到昆明。

沿途快意由人护,满眼新奇似梦呈。

登鼻还真争上脸,翻沟未忘秀关情。

练功酗酒何曾误,百姓居家不敢声。

第二辑　词

第二辑 词

醉妆词

一

日光亮，月光亮，激起芳心荡。

月光亮，日光亮，照断天涯晃。

二

惜王衍，叹王衍，弄得朝纲乱。

叹王衍，惜王衍，独爱红香满。

三

水清浅，雪清浅，入水求陪伴。

雪清浅，水清浅，落雪邀游玩。

塞 姑

一

眼看寒冬已至,数九才盘一次。
遥盼春风快来,又怕时光飞逝。

二

不管天遥路远,望月相思尽满。
光照轩窗屋檐,代诉深深怀恋。

三

莫怨诗书短小,字字千斤苦恼。
倾泻声惊九天,恰似江河翻倒。

第二辑　词

舞马词

一

偶闻舞马风情，方知力士忠贞。

各尽诸番痛快，全消万世英明。

二

欲求整日欢柔，须消满眼烦愁。

历历无穷世事，滔滔不尽江流。

三

愚昧人间处处,宴娱座上频频。

尝尽万般滋味,抛开一世风尘。

四

筑台演绎繁华,扬鞭显赫身家。

武略文韬莫论,奢淫腐朽人夸。

晴偏好三阕

一

悬崖边上楼高起。轩窗外面渊无底。真奇异。巴山蜀水皆惊喜。

二

寒冰糊镜遮人眼。行车路滑惊虚汗。休哀婉。征途岂可都平坦。

三

寒冬阴冷温情少。天光雾里含羞照。欺人老。余生妄盼晴偏好。

凭栏人三阕（一）

一

心似长空一片云。来去随风虚有魂。真情何处存。渺无音讯人。

二

心绪萦回少睡眠。风月寒冬窗外烦。灯花镜里残。鬓霜孤枕边。

三

星月寒冬冷照人。清泪双流多枕痕。相思最断魂。夜深三两轮。

凭栏人三阕(二)

一

整日逍遥无所专。糟践人生真可叹。光阴似水烟。快追求,休等闲。

二

独步江山游意浓。心事随风云最懂。天涯醉晚钟。管谁敲,都动容。

三

碧水含烟山岸飞。船首江平风浪尾。前途万转回。望长天,飘带垂。

西江月 · 信手长天写意

信手长天写意,潜心大海捞云。明知转眼尽消沦。偏愿荒唐忘本。

无故人生柳败,有端事业时新。光阴不负有心人。休道今朝苦闷。

西江月 · 爱好无关大雅

爱好无关风雅,人生偶要张狂。天涯浪迹负行囊,芳草白云席帐。

且以诗词嬉戏,休将记忆荒凉。自言自语话沧桑,岂敢荣登堂上。

西江月 · 酒醉烦愁不散

酒醉烦愁不散,头昏肝胆还疼。百无聊赖远争鸣。独自寻幽入定。

汗透身心略爽,风吹雷雨初停。腾云驾雾上天庭。求解人间不幸。

西江月 · 世界风云变幻

世界风云变幻,中华家国安康。纵横捭阖徜徉。发展和平至上。

道义大旗高举,繁荣宏愿周彰。谁还跋扈逞豪强。天下人民不让。

西江月 · 满月窗前闪亮

满月窗前闪亮,残灯梦里昏沉。穿云透雾入仙林。万里繁星作枕。

夜静风凉露冷,心寒镜黑眉阴。浮生尽作暮中吟。字字愁熏恨沁。

西江月 · 雨后秋凉彻骨

雨后秋凉彻骨,风中鬓白飞霜。人随夏日失猖狂。复把青春盼望。

逝水东流不怕,流光西老何妨。未偿心愿自悲伤。抱憾黄泉路上。

第二辑　词

西江月·畅享深山静谧

畅享深山静谧,全抛闹市喧哗。蓝天碧水绕农家。柿子灯笼高挂。

八面秋风送爽,一方暮日飞霞。庭前老树歇孤鸦。竟也无言装傻。

西江月·雪遇东风化雨

雪遇东风化雨,人逢喜事扬眉。新生万物竞争辉。历尽艰辛不退。

浸染江山锦绣,催开桃李芳菲。春回大地勿相违。愉悦身心怀里。

梧叶儿·天光淡

天光淡,夜色闲,千里少人烟。松鸣深山静,风吹白发欢。独自享清安。不忍去、无声倚栏。

梧叶儿·人清瘦

人清瘦,花艳肥。鸿雁又空归。秋冬绪,春夏眉。各成堆。音讯天涯梦寐。

梧叶儿 · 天阴冷

天阴冷，雾混茫。庭院歇凄凉。寒风欺枯叶，昏鸦唤夕阳。荒草倚颓墙。不尽愁眉断肠。

梧叶儿 · 红垂露

红垂露，绿带珠。春色与秋殊。滴翠含羞态，招蜂引蝶躯。粉面腻香肤。百媚千姿有余。

渔歌子 · 寒冬飞雪

风雨寒冬带雪飞。山川迷雾碍人窥。沾落絮,染愁眉,痴情赚得两鬓灰。

渔歌子 · 雪纷飞

雪纷飞,风萧煞。寒冬腊月无心悦。看楼空,望天绝。远近寂寥重叠。

路多歧,情尽别。人生都作残灯灭。叹云烟,哀花叶。每到年关纠结。

第二辑　词

望江南 · 拜年

年初一，双手抱拳前。冬奥冰天呈异彩，黎民祥瑞享平安。家国两团圆。

春意涌，万物换新颜。杨柳春风争做伴，雨花香露竞承欢。开局即成篇。

秋夜月 · 冬奥

冰天雪地。竞绽放、人生永恒骄美。大舞台,自由挥洒英雄气。览长空,飞绝壁,笑傲江湖无畏。顿挫抑扬精致。

胸怀大义。赞奥运健儿,手把阴云退。捍卫世间团结,奉献惊喜。化矛盾,擎玉帛,古今无异。所向人心,勿违真理。

祭天神·元宵夜梦

夜梦浮千影皆虚幻。遇元宵、幕幕纷繁连杂乱。群鱼入水成龙,屡屡欺人眼。晓来依旧尽昏沉,头充满。

眼里望、天涯断。懒追问、无意伤多遍。衾阴冷,身抖擞,欲把春光唤。觉躯残、披衣无力,支枕怀愁,已逝流年,岂可来回转。

祭天神 · 元宵夜

看雪花堆积天涯满。元宵色、红映银辉，交织往来千面。频频指点，醉里谁知路迂远。灯稀处、微照光寒，始觉早该回返。

觅来时踪迹，尽成已逝人生乱。一心沉浸繁华，凄凄后来晚。未常锁愁眉，终飘残烛，似灰烬、冷落随风散。

潇湘神 · 春已来

春已来。春已来。越冬万物把头抬。
雨水润身呈异彩,云烟垂绿染江淮。

章台柳 · 初春柳

初春柳。初春柳。尽把痴情枝上秀。友谊长存祐太平,作别今宵天涯守。

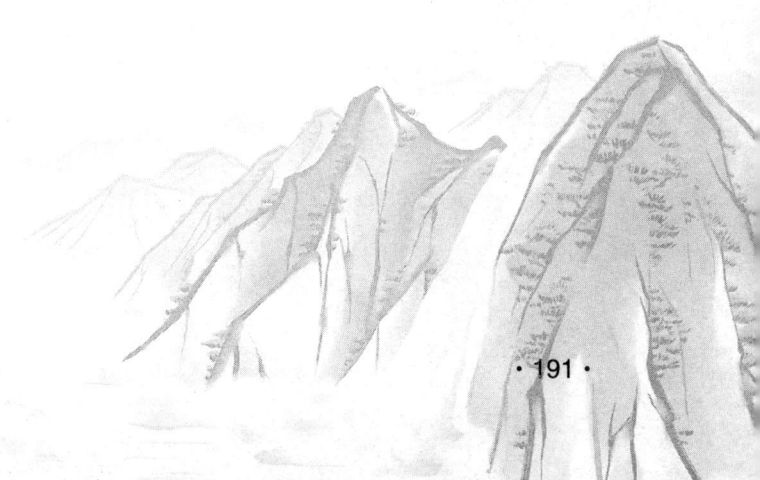

章台柳 · 春意浓

春意浓,东风起。剪乱丝丝柳枝细。搅碎幽幽碧水欢,潋滟随波万千里。

章台柳 · 天上云

天上云,人间影。万里长空眼中景。雁阵声惊睡梦醒。独上高峰自成岭。

长命女 · 阴冷聚

阴冷聚。不敌暖春光一缕。唤醒江山舞。

万物生机竞发,草树新芽带露。江海翻腾花做主。朵朵开高处。

上行杯 · 万里别君需酒

万里别君需酒。饮千杯、寄情春柳。折送多枝嫌不够。愁煞玉湖眉皱。倒影远山烟云厚。伤透。双泪涌,屡回首。

上行杯 · 莫道痴情难觅

莫道痴情难觅。君不见、水里鸳鸯。翻起微波争露嘴。摇头摆尾。影光连,身彩饰。隐匿。飘逸。恩爱成双。

春光好 · 晨光冷

晨光冷,午云残。暮烟寒。不爱客乡春意晚,误红颜。

长空皓月高悬。无心赏、梦忆家园。四季温馨香色满,醉邀欢。

春光好 · 鲲鹏志

鲲鹏志,紫薇香。喜成双。连理鸳鸯恩爱久,与天长。

忠贞自古名扬。勤浇灌、桃李芬芳。破浪乘风千万里,再续辉煌。

春光好 · 山色黑

山色黑,柳枝青。鸟声灵。春育芬芳雨不惊。细无声。

日暖高天云雾,风柔小院门庭。未待花开菱镜照,急多情。

春光好 · 群芳艳

群芳艳,独身凄。两眉低。夜梦蝶飞双影,醒还痴。

怅望晓光初露,伤寻月色刚栖。何处鸡鸣声隐约,似人啼。

生查子 · 昨夜雨含泥

昨夜雨含泥,今晓车蒙垢。春至不开花,尘起全挥袖。

拍打手沾尘,洗刷巾存锈。污浊气谁清,踌躇路何走。

生查子 · 色彩已斑斓

色彩已斑斓,不怕歪风扫。鲜花次第开,四处香熏倒。
脆嫩醉云烟,姣美招蜂鸟。结伴两心欢,回首双眉俏。

醉公子 · 朵朵新花美

朵朵新花美。杯杯残酒醉。双眼尽蒙眬。全身皆软松。
欲倚湖边柳。忘却亭前友。步履自蹒跚。昏昏拥草眠。

怨回纥 · 春回大地复繁华

春回大地复繁华。青青草树戴新花。满眼烟云皆恋色,飘摇四海逐飞霞。万里无归路,芬芳散尽始思家。

怨回纥 · 夜静呼声细

夜静呼声细,人闲睡意浓。两弯眉柳俏,一点杏唇红。头枕青云软,身敷彩绣松。时时浮笑意,冰雪映芙蓉。

昭君怨 · 春色来时虽晚

春色来时虽晚。不碍踏青赏玩。娇嫩一身香。醉心房。

忘却满腔烦恼。尽享鲜花绿草。时序有轮回。别伤悲。

昭君怨 · 待放花苞珠似

待放花苞珠似。柔嫩枝头云腻。粒粒暗含香。染春光。

细柳垂帘处。不见旧时人住。庭院复萋萋。乱成堆。

昭君怨 · 相约春时江畔

相约春时江畔。轻把柳枝双挽。四目不含愁。笑还羞。

已是百花尽歇。落得影孤心裂。辜负好时光。酒茶凉。

玉蝴蝶 · 花开云拥成堆

花开云拥成堆,香艳满天飞。未可入心脾,何能展柳眉。

愁多情郁结,欢少意凄迷。何故压枝低。似人幽恋谁?

玉蝴蝶 · 亲朋欢聚心诚

亲朋欢聚心诚,郊外宴风情。野火照天明,余光映水清。乡音含喜气,杯酒贺前程。宾主起欢声,凤凰常伴鸣。

赤枣子 · 冰化水

冰化水,雾成云。初春风物各争新。纵使暮烟心志在,九天之上绽缤纷。

赤枣子 · 芽待发

芽待发,色弥新。万物春光沐浴身。满眼风波争蓄势,一腔心事锁闲云。

赤枣子 · 入静夜

入静夜,起歪风。声音凄厉似寒冬。窗破不堪哀号响。欺人独卧半床空。

赤枣子 · 青凤髻

青凤髻,素娥眉。春风撩起玉肌辉。纤手挽枝红映面,两湾香露逐花垂。

南乡子 · 鹊闹新枝

鹊闹新枝。狂歌劲舞报春时。四处人忙谁搭理。生气。复到跟前清嗓子。

南乡子 · 风长啸

风长啸,泪偷流。几回悲梦哭乡愁。

细觅深山烟云路。全遮住。但见草肥砖化土。

南乡子 · 粉白两桃花

粉白两桃花。争艳难分对半夸。香嫩瓣肥双滴脆,馋呀。人面天涯目不斜。

肠断遇昏鸦。唤醒痴心对落霞。举酒醉歌谁伴奏,琵琶。曲曲凄清曲曲麻。

解红 · 节假尽

节假尽,虎龙归。校园处处童稚堆。
爽朗纯真似春日,醉人灿烂满天飞。

鹤冲天 · 餐风沐雨

餐风沐雨。暑去寒来处。工友老还勤,初心许。挂念千家事,街巷四时巡驻。艰辛均不顾。排解危情,舍己八方争赴。

星灯璀璨,烟火人间承露。雪月照身归,铿锵步。誓建非凡业绩,平安守、忠诚护。中华弘义举。换得声名,铸就爱民新炬。

鹤冲天 · 春风沐月

春风沐月,尘去光华脆。舞袖桂宫落,邀人对。冷怀贪酒烈,深深饮、昏昏睡。入梦双双坠。醒来不见,残影早随风碎。

良宵最怕痴情寄。悲喜皆可借,还多次。每到团圆处,偏遇见、凄凉美。举世无懊悔。天随人愿,看谁照旧偷醉。

少年游慢 · 春寒三月雪

春寒三月雪。满眼飞花似蝶。偷染桃红，明粘兰白，枝头歇。飘曳精灵灭，散落佳人接。柔指拈香，化成玉汁清冽。

转瞬天涯别。流泪猜嫌心热。顾盼多时，寻思无数，何方绝。非是人翻弄，却尽风吹彻。好事无常，全循这般归结。

受恩深 · 碧玉镶亭宇[5]

碧玉镶亭宇。鹅湖承柳露。泽倾沿岸众乡土。尽辈出英才，屈指不识非无据。谁道人间苦。醉一地书香，仙亦止步。

自古繁华今久固。看了方知，都是高贤曾住。遏四海通衢，水涟万顷荷花渡。光彩披金羽。照溪浣新容，画飞诗舞。

---

[5] 此词为荡口镇而作。

兀令 · 三月他乡春味少

三月他乡春味少。一身棉袄。风冷天阴闹。看杨柳凄凄,不见妖娆貌。鸦鹊倦立枯枝,懒得呀呀叫。惹意烦心恼。

最爱江南香色早。碧波青草。花下佳人笑。荡一叶扁舟,细水柔情绕。处处飞绿流黄,争映阳光道。醉落霞啼鸟。

兀令 · 冬日无风天自冷

冬日无风天自冷。鸟稀人静。头上云烟磬。见湖水成冰,未把江山映。嫌弃一色萧条,独自成光景。誓把新春等。

柳绿花红鸿雁领。燕巢双定。蜂蝶飞香顶。羡对对鸳鸯,尽显妖娆影。遍地桃李芬芳,争唱相思咏。误此时佳境。

春晓曲二阕

一

江南柳绿花招蝶。北国风寒落雪。欲将洁白作梨花,一地落英春又歇。

二

东风欲逗西风意。激起浮尘满地。日昏天暗夜犹寒,酒醒烛残春未至。

寿阳曲 · 欲赏春光去

欲赏春光去,拟拈花片来。度残生、百无聊赖。倚轩窗、羡高天阔海。心向往、体衰年迈。

寿阳曲 · 凄清雨

凄清雨,粗暴风。冷飕飕、落花荒塚。阴云厚、遮烟雾笼。满天涯、惹人心痛。

卧虎山公园印象

阳关曲

假蟾人造色金黄,身巨心空气自伤。

暮春四望尽萧瑟,蓬乱荒丛非道场。

欸乃曲

（一）

因慕山庄荒路寻。凄凉零乱失初心。

皆言景色绝佳处,竟惹游人双步沉。

（二）

山路崎岖荒草堆。春花稀少绿林微。

休言卧虎尽佳境,腿满黄泥身染灰。

花非花

花非花,雪非雪。性漫狂,情痴烈。生于杨柳懒含香,散在汀洲羞见月。

渔歌子 · 天外浮光懒日闲

天外浮光懒日闲。风中飘雪白花寒。飞迷雾,断炊烟,远近无人对谁言。

桂殿秋

一

杨柳意,杏桃情。东风处处染画屏。

含香滴翠皆春色,引蝶招蜂尽蕊英。

二

春细雨,夏粗光。缠绵不敌热情伤。

飞花怎耐熔炉炙,阵阵香飘六月霜。

采莲子 · 水映桃红里外忙

水映桃红里外忙。指尖微滴尽含香。棹停手摘青莲满,两袖风生色染裳。

采莲子 · 植棹湖心彩影飘

植棹湖心彩影飘。绿荷团扇借风摇。浣歌唤醒鸳鸯急,逐水清波阵阵高。

摘得新

摘得新。芳香溢四邻。一支春色满,尽撩人。身心偏是不自主,乱纷纷。

春晓曲·东风挽柳蹁跹舞

东风挽柳蹁跹舞。叶千眉,枝万绪。
两心怡悦互邀欢,四面飘摇争絮语。

忆江南 · 春来早

春来早,香色久还新。蝶醉蜂痴飞燕恋,叶青枝绿落花醺。常做好乡邻。

忆江南 · 披晨露

披晨露,邀约赏春花。寻得清香飘万里,攀来新蕊染千家。招惹众人夸。

浪淘沙 · 夜夜挠心不得眠

夜夜挠心不得眠。眼花头闷屡身翻。不知艳色东窗染,尽负春宵怪月圆。

浪淘沙 · 春风一夜又无眠

春风一夜又无眠。醒梦微寒泪烛残。旧事烦心皆幻境,模糊断续不成篇。

浪淘沙 · 夜梦频频

夜梦频频。心意纷纷。旧时诸事似残云。万转百回终不散,虽幻还真。

本属凡根。妄作仙身。几多呓语误红尘。无惧死生成异客,荒野留痕。

浪淘沙令 · 花厚叶依稀

花厚叶依稀。香艳纷飞。窗前伫立眼迟疑。蜂蝶不知人有意,结对沉迷。

远望锁双眉。山厚云低。春风拂柳似涟漪。心事随波千万里,不见归期。

添声杨柳枝 · 书有黄金字里藏

书有黄金字里藏。品寻忙。悬梁刺股莫彷徨。惯偷光。画粥断齑心自悟。逢春雨。洗尘新貌慰颜郎。老来香。

十样花 · 绿满江山花歇

绿满江山花歇。香散云烟风灭。万里碧空下,浓荫里,日光缺。冷伤春暮别。

杨柳枝 · 加减乘除又奈何

加减乘除又奈何。本身人世日无多。
若非尽把心机费,怎会时时遇劫波。

八拍蛮 · 垂钓不求鱼有无

垂钓不求鱼有无,得闲痴坐也欢娱。
人矮芦高竿线短,坡斜柳绿碧波徐。

八拍蛮 · 常忆旧时针线绵

常忆旧时针线绵,休嫌今日絮叨烦。往事成堆徒眷恋,连天图景惹心酸。

八拍蛮 · 烟伴雨晴云雾蒸

烟伴雨晴云雾蒸,风吹江海玉波生。
心底不惊天地静,春花秋月枉多情。

天净沙 · 几番风雨天邪

几番风雨天邪。一身肝胆人夸。万里江山日华。捋须立马。笑看光照千家。

醉吟商 · 远近山河

远近山河,绿满色新身软。倚栏惊羡。顿觉时光变。四季逶迤成线。春秋最短。

喜春来 · 爱谈旧事心身老

爱谈旧事心身老。常赋新诗笔墨潮。已居垂暮勿唠叨。心态好。频举酒，醉逍遥。

喜春来 · 抬头顿觉风光异

抬头顿觉风光异。举目方知秀色萎。满天烈日锁人眉。惆怅里。春去是谁催。

喜春来 · 老家幕幕心胸织

老家幕幕心胸织。幻影层层脑海驰。苦无言语寄相思。挠首时。杨柳又新枝。

喜春来 · 莫名苦恼双眉锁

莫名苦恼双眉锁。无限烦愁一语多。眼前声，窗外笑，耳边梭。能奈何。谁可去心疴。

甘州子 · 满天云影乱心扉

满天云影乱心扉。明暗处,绿红随。叶花相映不相欺。生死两依依。徒羡慕,回首替人悲。

踏歌词 · 酒醒三更冷

酒醒三更冷,灯残两眼昏。轩窗帘未落,新月意还存。清浅最伤人。远近直勾魂。

新荷叶 · 出水含珠

出水含珠,天生似玉无瑕。展叶垂荫,杆撑仗义成叉。轩昂伫立,俯仰间、摇曳辞夸。一身高洁,泽丰岸上人家。

廊下承恩,举杯尽赞新花。醉里邀欢,奇文皆慕芳华。红心粉意,觥筹里、映照繁奢。闻香起舞,凌空蜻点闲蛙。

秋风清 · 天空云

天空云,尘世身。动静不由己,沉浮皆有因。随风来去无踪迹,似烟宠辱安心魂。

秋风清 · 人未寐

人未寐,夜还昏。秋风声复厉,残月色初贫。长天无惧浮云浅,荒野常求前路新。

字字双 · 浮云野鸥闲接闲

浮云野鸥闲接闲,大漠高天圆接圆。星稀灯暗残接残,梦多路远烦接烦。

抛球乐 · 夏雨送清凉

夏雨送清凉,科场竞艳芳。锦书明壮志,妙笔绘韶光。尽历寒窗苦,终成上国梁。

浪淘沙慢·驾飞船

驾飞船,游云赏海,屈指攀桂。银殿虽寒却美。瑶池含笑带泪。喜久梦成真霄汉里。已非昔、日夜愁醉。揽满月繁星照新寝,良宵结双对。

快意。玉肌雪透香蕊。四目两交融,温情射、尽把钟念遂。非臆造居奇,真实方贵。未曾枉费。虽历经心路,终成佳会。再也无须天涯寄。芝兰伴、遨游宇内。自珍惜、余生恒泛沛。纵头白、互守残躯,卧象榻,蟠桃作枕仙娥侍。

浪淘沙慢 · 夜消沉

夜消沉,开灯闭眼,似黑还亮。童稚无忧各享。烦愁有苦自酿。忆往昔人生衰草状。尽昏噩、怎不惆怅。恨赤子痴情愧辜负,终成旧心恙。

俱往。再无胆气浮想。怕向镜中窥,谁敢认、白发框内晃。知大势于斯,休叹冤枉。早该结网。欲侧身抓笔,迷茫无向。睁眼方知闲台上。香飘散、旧毛早涨。纸书破、皆因持久放。最珍贵、就是时光,已逝去,羞将一世萧条讲。

蕃女怨 · 黑天原是雷雨设

黑天原是雷雨设。电闪崩裂。线成鞭，光似雪。远还层叠。眼前时亮映惊魂。醒沉沦。

玉簟凉 · 灯下怀愁

灯下怀愁。欲泪语唔言，怕惹人忧。天涯窗外断，竟不忍回头。痴心飞越万里，历险阻、邂逅方休。双拥喜，享少年春色，今世风流。

含羞。桃红粉面，眉黛墨珠，倾尽爱恋还仇。明眸含玉露，艳蕊透清幽。长歌曼舞久伴，不忍去、怕上孤舟。惊笑处，再梦醒、心冷三秋。

忆王孙 · 头昏时错梦难圆

头昏时错梦难圆。细雨声惊怎入眠。转转萦回心意寒。五更天。无尽相思作泪残。

忆王孙 · 秋

晨钟暮鼓午双休。头枕江边一叶舟。玉簟清凉好梦酬。醒来愁。岸上寒砧逐水流。

忆王孙 · 天涯一色泛秋光

天涯一色泛秋光。圆月长空照断肠。江上独支寂寞桨。久彷徨。千里孤芳常自赏。

忆王孙 · 愁上孤舟还醉酒

愁上孤舟还醉酒。眉紧锁、岸风吹皱。冷溪清照影身随,里外看、频搔首。

千里画廊峰回后。天地窄、指间垂秀。丹青屡染色常新,绘不尽、多情柳。

金字经 · 常向空山觅

常向空山觅,偶于荒径巡。幽涧清泉远世尘。淳。静心又养魂。烦愁遁。愿随风雨新。

金字经 · 常恨天涯远

常恨天涯远,屡怜鸿雁孤。秋满长亭杨柳枯。无。伴归暮鼓趋。霜含露。月夜厚、双鬓敷。

后庭花破子 · 夜雨影无踪

夜雨影无踪,人生路有穷。散落随风势,沉浮付酒盅。两从容。烟云往事,由它来去匆。

变体后庭花破子 · 秋来早晚凉

秋来早晚凉,风吹草木伤。叶垂凄清露,人飞散乱霜。走他乡。断肠孤雁,带悲切、天际翔。

一叶落·一叶落

一叶落。伤心托。柄痕脉络尽非昨。秃枝望眼残,荒山寒烟薄。寒烟薄。最怕西风虐。

如梦令·眼望天涯云断

眼望天涯云断。步带秋风草乱。远近两凄迷,何日烟消雾散。变换。变换。尽显人间冷暖。

如梦令 · 风冷雨凉烟厚

风冷雨凉烟厚。天矮云低树瘦。秋水恋兰舟,清唱最伤心透。回首。昂首。一路柳眉频皱。

如梦令 · 又到叶枯枝老

又到叶枯枝老。尽是黄多绿少。冷雨伴阴云,寂寞无人知晓。烦躁。苦恼。心事对谁倾倒。

第二辑　词

如梦令 · 秋送佳音喜极

秋送佳音喜极。网献鲜花务必。郁闷已多年，方解心中孤寂。珍惜。珍惜。常话知音私密。

期待花香露滴。执手欢娱休泣。风火度平生，皆未丝毫迷失。真实。真实。天下始能无敌。

如梦令 · 半月高天谁羡

半月高天谁羡。不到满时不见。人缺断桥残，独步心寒意懒。心寒意懒。回首星稀光浅。

如梦令 · 月季一花常放

月季一花常放。彩菊三秋已赏。各与势争辉,却惹红尘惆怅。遐想。向往。期盼月圆人俩。

如梦令 · 秋光欺老叶伤

秋光欺老叶伤。青新已变枯黄。飘落借风势,不知路在何方。凄凉。凄凉。怎不苦闷彷徨。

第二辑　词

诉衷情 · 西风昨夜送秋分

西风昨夜送秋分。呼啸卷残云。丝丝寒气侵袭，专冷客居人。添旧被，裹孤身。惜纷纭。温柔难觅，寂寞长存，枉入红尘。

诉衷情 · 青春已化夕阳红

青春已化夕阳红。回首尽空蒙。尘飞万里终散，欲觅影无踪。频举酒，屡挥锋。各无穷。万千愁绪，漫卷西风，乱发蓬松。

诉衷情 · 午休惊梦乱纷纷

午休惊梦乱纷纷。虚汗透全身。境情似幻还实,欲辨眼双昏。心惴惴,意熏熏。怕成真。醒前焦急,醒后懊悔,忧累他人。

诉衷情 · 秋寒残夜最伤人

秋寒残夜最伤人。清影拂风尘。长歌短唱归去,借酒意、歇孤身。松锦带,解纱巾。散鬟云。镜中翻转,梦里轮回,醒后谁温。

天仙子 · 今日重阳天尽好

今日重阳天尽好。心欲登高人已老。巍巍颤颤腿铅垂。频作歇，倚山窥。崖外风寒霜叶肥。

天仙子 · 秋尽霜花心自许

秋尽霜花心自许。野地残蓼伤春处。青山云雾伴晨昏，择高住。对天语。广袖莫嫌丝竹素。

天仙子 · 万物深秋霜露伴

万物深秋霜露伴。远近江山颜色乱。孤身小径踏残红,鞋沾满。风吹散。沦落天涯人不管。

逝水东流无法挽。两鬓青丝斑白换。曾经壮志化烟云,难逆转。常哀婉。恰似枯枝心已烂。

天仙子 · 曲尽音消人已散

曲尽音消人已散。双袖低垂心意懒。尽将杯酒入愁肠,罢罗幔。吹金盏。醉卧天涯无眷恋。

饮马歌 · 烟尘常做伴

烟尘常做伴,大漠缰绳挽。马嫌飞蹄短,雁愁归途远。冷泉清,皓月明,映照心中满。理还乱。

饮马歌 · 秋深花叶少

秋深花叶少。水冷身边草。暮烟云飞了。雁声风吹到。远他乡,恋旧裳,泪湿红裙袄。盼春晓。

归自谣 · 方寸美

方寸美。屏保瞬时呈四季。富氢成就神仙水。大千世界抬头醉。人不寐。隔天尽赏云滋味。

归自谣 · 秋已暮

秋已暮。萧瑟冷寒交互苦。阵风时把人推举。铿锵步履从容赴。天涯路。知音尽解伤心语。

干荷叶 · 干荷叶

干荷叶,卷苍黄。往事成奢望。苦心伤,惹风狂。天天早晚卧秋霜。潦倒随波浪。

干荷叶(又一体)· 干荷叶

干荷叶,乱糟糟。屡遇秋风扫。尽枯焦。各讥嘲。旧时花月众人邀。今冷落、成衰草。

风流子 · 寒潮欺日月

寒潮欺日月,双双冷、万物盼韶光。看群山荒立,静而无色;丛林萧瑟,寒且怀伤。回首处、暮烟多缭绕,孤影屡彷徨。倦鸟早归,紧依巢穴;小灯迟亮,浅照轩窗。

心酸平广宇,随星散、何堪泪洒苍茫。久卧病床羞见,生尽愁肠。念道道关河,残躯难越;层层烟波,盛意全凉。唯盼暖风来早,吹绿川江。

风流子 · 千里浮云化雾

千里浮云化雾。人隐群山深处。天失色,月无情,但听秋风私语。倾注。倾诉。难尽今生孤苦。

第二辑　词

风流子 · 时光诚不老

时光诚不老，人烟换、复始是春冬。羡藏南花色，陇东神韵，古今俱在，环往兴隆。天地间，风雷随雨动，雾霭借烟融。云散日开，光清月朗，旧颜新貌，染柳描松。

人生堪短暂，回眸处、无不草木成丛。荒冢尽消香火，难觅悲鸿。恨天高路远，阴阳两隔，情深义厚，物我双穷。气短眼昏发白，老态龙钟。

少年游 · 朝阳尚冷影西斜

朝阳尚冷影西斜,难化鬓霜花。事事皆无,时时尽逝,人老有何夸。

山荒林秃无声处,曾也抹红霞。戏水鸳鸯,揽天鸿雁,岁岁筑新家。

第二辑　词

江城子 · 开元新日出东方

开元新日出东方。照轩窗。暖胸膛。天地清澈,满眼尽光芒。雾霭烟云终散去,遮不住,别猖狂。

江城子 · 人心异

人心异,世风通。烦愁处处充。躲方穷。另觅祥云、执手笑东风。苦闷何须悲戚忍,求自在,作花农。

· 251 ·

江城子 · 远望江山雪后晴

远望江山雪后晴。玉湖明。冷光清。万物妖娆、倩影耀天庭。神女惊殊云鬓闪,吹香粉落,似繁星。

江城子 · 贺欧子煜藏瑞祺新婚

双江清水育英才。晓阳开。小川来。父子情深、携手善良栽。自古英雄巴蜀出,功业树,好胸怀。

瑞琪千里送金钗。笑红腮。两无猜。恩爱交加、相约上高阶。嫁得欧郎终不悔,心相印,影双偕。

望江怨 · 江天阔

江天阔。岁月随波影成沫。风帆烟切割。日沉船远西山没。彩云裂。碎片入人心,冷寒光不灭。

定西番 · 立马远山天接

立马远山天接。篝火烈,玉箫清。凯歌生。
征战戍边今歇。鬓霜羞月明。飞雪锦书层叠。盼归程。

长相思 · 小寒冰

小寒冰。大寒冰。冰下春潮涌动生。江山日月明。
雪层层。泪层层。泪润梅香天有情。雁归人笑迎。

长相思 · 人也熬

人也熬。事也熬。何日烦愁烟雾消。春江潮水高。
润新芽，润新苞。两岸清香天地飘。随风失意抛。

长相思 · 醒也愁

醒也愁。梦也愁。愁满江天无尽头。常年云水流。

风幽幽。影幽幽。影里人心渔火囚。随波不自由。

长相思 · 佳节登

佳节登。玉兔呈。人寿年丰祥瑞生。家家好事成。

山青青。水盈盈。时代风帆万里征。长空鸿鹄鸣。

思帝乡 · 飘雨雪

飘雨雪,展阴晴。雨雪阴晴天管,顺时生。

世事风云变换,露原形。冷暖人心尝尽、自多情。

思帝乡 · 天尽头

天尽头。影消风满楼。日落烟飞山静,剩离愁。

此去经年不见,泪常流。两地相思苦、几时休。

相见欢（西楼子）·年年循约来回

年年循约来回。雁高飞。万里长空能证、不曾违。

形可变。心不乱。伴春归。怜见失群孤影、惹人悲。

相见欢·大年当值加班

大年当值加班。守平安。万户千家齐聚、尽欢颜。

贺新岁。迎盛世。舞蹁跹。壮志豪情赓续、永争先。

相见欢 · 一家少有团圆

一家少有团圆。怕年关。屡把天涯望断、不能全。

独举酒。难入口。觉心酸。何日倾情相拥、尽欢颜。

相见欢 · 雪堆风紧天寒

雪堆风紧天寒。散炊烟。万里长空云遁、日孤悬。

光少知音清冷,照无端。枝秃山荒鸟绝、盼春还。

相见欢 · 春风装点江山

春风装点江山。色斑斓。朝露含香滴翠、聚花端。

指玉亮,指眉弯。紧双肩。偷得一枝柔嫩、笑成仙。

河满子 · 故地春梅绽放

故地春梅绽放,异乡冬雪飞翔。大年除夕身心守,盼求明日朝阳。尽把坚冰融化,勿容衰柳猖狂。

新绿锋尖破土,旧枝皮表添浆。细雨斜风争染色,雁归声里含香。沉醉蝶飞蜂舞,醒来双眼迷茫。

河满子·独步寒冬不语

独步寒冬不语,满山枯树成邻。冷风吹落枝上雪,尽随残叶归根。往返循环无数,盛衰依次多轮。

天地交辉耀眼,岁时因事留痕。大漠孤烟身欲直,落霞堆里伤神。心向八方寻觅,不知前路何存。

风光好 · 夜光寒

夜光寒。树灯残。摇曳风中看不全。黑栏杆。

圆睁双眼寻前路。须扶住。脚下台阶步步艰。扣心弦。

风光好 · 色从容

色从容。照无穷。万里江山日染红。沐春风。

冰融雪化新芽浅。天涯满。草树丰颜次第浓。醉香丛。

望梅花 · 新雪银花装扮

新雪银花装扮。古树青枝招展。四处幽香风聚散。一地晶辉人乱。寻觅暗红争顾盼。抬眼妖娆春满。

望梅花 · 艳阳高照

艳阳高照。众口尽夸梅好。香把蝶蜂熏半醉,各自神魂颠倒。头向蕊尖虚尾短,点缀群花黑少。

两厢争俏。雪地绽开堪早。若断玉枝回小屋,插入瓶中最妙。伸手空回生悔意,岂可贪心伤宝。

第二辑　词

望梅花 · 冰雪寒天堆聚

　　冰雪寒天堆聚。春风化、缠绵丝缕。润物生辉，红花绿叶，万里江山彩塑。徐漫步。望远登高，更着那、朦胧烟雨。

　　须发眉梢染雾。清凉意、屡挥不去。山岳常形，河川寻迹，艰险从来无惧。断崖处，气贯长虹，践初心、舍身奔赴

望梅花 · 乱花迷眼

乱花迷眼。姹紫嫣红纷现。看江山、处处蜂蝶恋。蓝天高远。影入碧波心不变。里外春光水剪。

柳枝风挽。挂玉垂珠连片。破长空、归雁身成串。旧巢新换。怕误佳期双翅展。一路幽香不断。

风光好 · 盼团圆

盼团圆。怕团圆。久别亲情借酒欢。醉无眠。

昏灯映照蒙眬眼。心纷乱。潦倒人生逝水残。实难言。

醉太平 · 月圆雾散

月圆雾散。天高地远。万家灯火似星灿。尽将杯酒满。

元宵团聚欢歌伴。家国事,人民管。绿水青山遂心愿。复兴梦不晚。

醉太平 · 迷人酒窝

迷人酒窝。勾魂眼波。元宵醉看天河。倚轩昂自歌。

月圆奈何。缺时最多。可怜孤冷嫦娥。寂寞飞玉梭。

醉太平 · 人生有烦

人生有烦。世事无安。阴晴圆缺闹长天。把红尘搅翻。

痴情换得鸳鸯散。虚荣化作风光满。痛心啼落血痕残。是谁家杜鹃。

误桃源 · 草树遇冬惨

草树遇冬惨，气色化烟消。独余梅不凋。染枝条。

暗香隐雪地，明眼觅花苞。朵朵在高处，各妖娆。

感恩多 · 雪随风雨绝

雪随风雨绝。春借冰霜发。绽开桃李花。满枝丫。

恋色迷香竞逐,享奢华。享奢华。耗尽平生,蜜糖甜万家。

感恩多 · 献花恩爱秀

献花恩爱秀。邀月风情逗。举杯双倚栏,尽娱欢。

寂寞天涯守惆怅,夜无眠。夜无眠。冷烛寒光,笑人今未圆。

西溪子 · 独醉他乡因苦

独醉他乡因苦。惆怅天涯无助。似浮萍，身心软。随风散。雨打尽催肠断。休道自寻愁。实心忧。